봉명도
鳳鳴刀

FANTASTIC ORIENTAL HEROES

송진용 新무협 판타지 소설

봉명도 1

송진용 新무협 판타지 소설

초판 1쇄 찍은 날 § 2008년 10월 20일
초판 1쇄 펴낸 날 § 2008년 10월 24일

지은이 § 송진용
펴낸이 § 서경석

편집장 § 문혜영
편집 § 정서진 · 유경화 · 최하나

펴낸곳 § 도서출판 청어람
등록번호 § 제1081-1-89호
등록일자 § 1999. 5. 31
어람번호 § 제2-1603호

주소 § 경기도 부천시 원미구 심곡동 163-2 서경B/D 3F (우) 420-010
전화 § 032-656-4452 팩스 § 032-656-4453
http://www.chungeoram.com
E-mail § eoram99@chollian.net

ISBN 978-89-251-1518-4 04810
ISBN 978-89-251-1517-7 (세트)

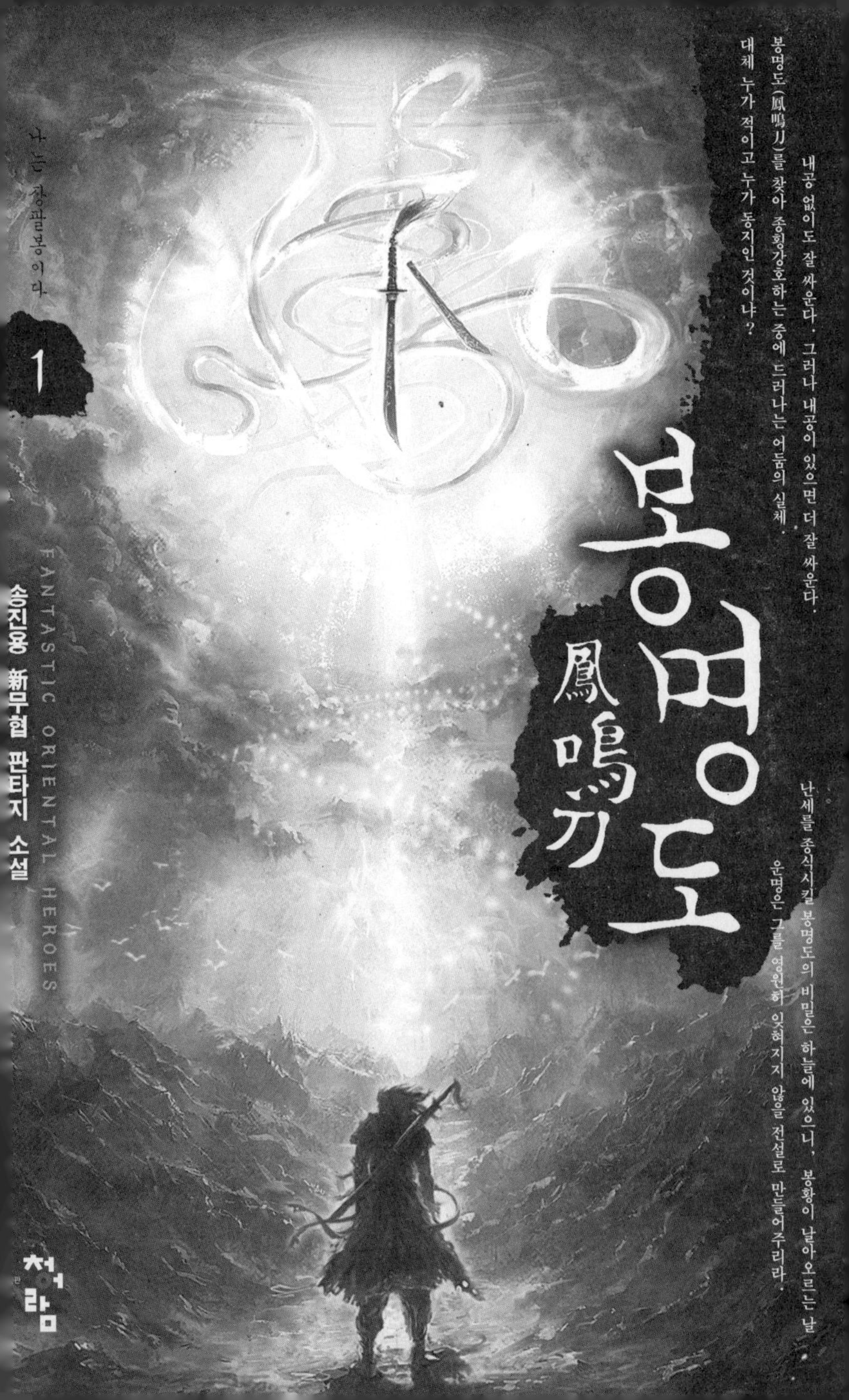
내공 없이도 잘 싸운다. 그러나 내공이 있으면 더 잘 싸운다.
봉명도(鳳鳴刀)를 찾아 종횡강호하는 중에 드러나는 어둠의 실체.
대체 누가 적이고 누가 동지인 것이냐?
봉명도
鳳鳴刀
난세를 종식시킬 봉명도의 비밀은 하늘에 있으니, 봉황이 날아오르는 날
운명은 그를 영원히 잊혀지지 않을 전설로 만들어주리라.
나는 장팔봉이다
1
FANTASTIC ORIENTAL HEROES
송진용 新무협 판타지 소설
청어람

目次

이 글은 엉뚱한 주인공이 엉뚱한 사건 속에 뛰어들어 좌충
우돌해 가는 이야기입니다.

무언가 통쾌하면서 유쾌한 그런 인물을 하나 만들어보고 싶
었는데, 이야기가 진행되면서 그놈 스스로 점점 엉뚱한 인간
으로 진화해 가는 느낌이 들더군요.

어쨌거나 무협적인 코드에 충실하려고 애썼으며, 재미와 유
쾌함을 기본으로 삼고 거기에 통쾌함을 덧붙여 보고자 하는
의도로 시작했습니다.

좌충우돌하다가 뜻하지 아니한 횡재도 하고 횡액도 겪고 하
는 주인공의 모습은 어려운 이 시대를 살아가는 우리 중 누군
가의 모습이기도 할 것입니다.

하긴, 무협이든 판타지든 순문학이든, 소설이라는 건 배경
과 공간과 시간을 초월해서 이 시대의 정서와 흐름을 반영하
는 것이겠지요.

이 글의 배경은 가상이고 공간도 가상이며 시대와 등장인물
들도 철저하게 허구이지만, 소설이라는 형식을 취하고 있는 이
상 이 글 역시 현재의 시점을 반영했다고 볼 수 있을 것입니다.

혹자는 이 글 속에서 풍자를 읽어낼 수도 있을 것이고, 혹자

는 시대적인 비극이나 아이러니를 읽어낼 수도 있을 것입니다. 상징을 잡아낼 수 있는 무서운 독자 분도 계실 줄 압니다.

그러나 아무것도 읽지 못하고 그냥 스토리만 따라가는 독자도 있겠지요.

어떤 분은 재미있다고 할 것이고, 어떤 분은 재미없다고 할 것입니다.

하지만 독자에게 글을 보이는 작가의 입장에서는 그 어떤 분이 더 소중하고 덜 소중하고 하지 않습니다.

일단 제 글을 읽어주시는 분들 모두가 소중한 사람들이랍니다.

그분들에게 실망을 주지 않기 위해 최선을 다해 자판을 두드리겠습니다.

지켜봐 주시기를…….

매미 소리 귀 따가운 한여름 낮에 땀을 뻘뻘 흘리면서 시작하는 인사를 드립니다.

무림맹주가 납치당했다.

第一章

풍운조의 신화

鳳鳴刀
봉명도

풍운조의 신화

절대무제(絶對武帝) 적무광(赤武光).

그는 강호의 절대자로 군림하기에 부족함이 없는 사람이었다.

무적이라고 할 수 있는 자신의 유천신공(遊天神功)으로 무림을 제패한 지 이십 년이 지났고, 천하제일인으로 불린 지도 이십 년이 지났다.

그런 그가 패천마련(覇天魔聯)에 납치당했다.

무림맹이 생긴 이래 그런 일이 있은 적이 없고, 상상할 수도 없는 일이었다.

하지만 그건 헛소문이 아니라 현실이었다.

사상 초유의 그 사태에 무림맹은 할 말을 잃었다.

이때라는 듯 패천마련의 대공세가 시작되었고, 맹주가 없는 무림맹은 전력의 오 할도 제대로 발휘하지 못했다.

사방에서 밀리고 밀려 절강성 안탕산 기슭으로 쫓겨나 웅크리니, 천하가 사마(邪魔)의 연합 세력인 패천마련의 수중에 떨어질 날이 멀지 않아 보였다.

무림맹이 겨우 수비하고 있는 절강과 복건도 날이 갈수록 위태로워졌던 것이다.

*　　　　*　　　　*

대전 안에 무거운 적막이 감돌았다.

위태롭게 흔들리는 유등의 불길이 풍전등화라는 말을 실감나게 한다.

평소에는 이십여 개의 유등에 일제히 불을 밝혔는데, 오늘은 고작 두 개에 불이 붙어 있을 뿐이었다.

그래서 넓은 대전 안은 밤이나 다름없는 어둠에 휩싸여 있었다.

급히 선출한 새 무림맹주.

남천검왕(南天劍王) 사자성(史紫星)이 그 음침한 어둠 속에 묵묵히 앉아 있었다.

그의 명성은 천하를 떨쳐 울리기에 부족하지 않지만, 납치당한 무림맹주 적무광을 대신할 수는 없었다.

누구나 그걸 알았고, 본인도 인정하기에 무림맹의 장악력이 떨어졌다.

그러자 결속력이 약해졌고, 사자성은 효과적으로 무림맹의 전력을 운용할 수 없었다.

남천검왕 사자성은 자신의 힘만으로는 그런 문제를 해결하기 힘들다는 걸 느꼈다.

게다가 시간이 촉박했다.

그는 수단과 방법을 가리지 않고서라도 자기 대에서 무림맹이 멸망해 버리는 일만은 막아야 한다고 거듭 생각했다.

정파 무림을 위해서, 또한 자신과 가문을 위해서도 그렇다.

그렇지 않으면 제 이름 석 자가 씻을 수 없는 치욕이 되어 후대에까지 전해지지 않겠는가.

그게 두려워 한사코 맹주 위를 사양했지만 십이 장로의 집요한 설득을 끝내 뿌리치지 못했다.

그 결과 지금 그는 이렇게 텅 빈 대전에 홀로 앉아 근심하고 괴로워하는 것이다.

"으으음."

깊은 침음성이 낮게 흘렀다.

그런 그의 마음을 안다는 듯 유등의 불꽃이 금방이라도 꺼질 듯 마구 흔들린다.

그그그긍—

두터운 철문이 육중한 소리를 내며 열리고 한 사람이 저벅

저벅 걸어 들어왔다.

당당한 체구에 불굴의 기세가 느껴진다.

이글거리는 눈이 어둠을 뚫고 곧장 쏘아져 왔다.

맹주는 순간적으로 한 마리의 야수가 들어온 것 같은 착각을 받았다.

저벅저벅—

바닥에 깔려 있는 흑오석을 거침없이 밟으며 다가오는 자.

그를 지그시 바라보는 남천검왕 사자성의 심경은 복잡하기 짝이 없었다.

'장팔봉…… 얼마 전까지 풍운조의 조장이었다지?'

이름이 촌스러운 자라는 생각에 마음 한편에 불안이 깃든다.

무림맹의 수많은 영재들을 젖혀두고 열두 장로가 굳이 저놈을 선택한 이유에 대해서도 의구심이 새롭게 들었다.

'과연 저놈이 제대로 해줄까?'

하지만 더 이상 대상을 물색하고 있을 여유가 없는 지금으로서는 그가 해주기를 바라는 간절한 마음뿐이었다.

무림맹주.

이 시대가 배출한 두 번째 절대자.

남천검왕 사자성이 억지로 미소를 지어 보이기 위해 볼을 씰룩였다.

* * *

이십여 일 전의 일이다.

풍운조(風雲組)가 있다.

무림맹의 전위 조직인 풍운당(風雲堂) 소속인데, 풍운당 내에서도 최전방에 나서서 활동하는 조였다.

열 명의 조원들이 있지만 한 번 적과의 싸움이 있을 때마다 살아 돌아오는 자는 한두 명에 불과했다.

그래도 매번 새로운 인물로 곧 채워졌는데, 지금은 사정이 그렇지 않았다.

"개자식들."

빠드득 이를 갈며 어둠 속에 납작 엎드려 있는 자는 체구가 크고 강단있게 생긴 사내였다.

아니, 얼굴은 물론 온몸에 독기를 서리서리 감고 있는 살벌한 자다.

풍운조의 조장인 장팔봉이었다.

패천마련과의 전쟁이 시작된 뒤 벌써 열다섯 번이나 바뀐 조장이기도 했는데, 그는 앞서의 조장들과는 다른 데가 있었다.

다섯 번의 척후 임무를 마쳤고, 열여덟 번의 매복 임무를 수행했지만 여전히 살아남아 있는 것이다.

지난번의 치열했던 싸움에서 열 명의 조원은 모두 죽었다.

얼마 전에 새 조원을 충원받았는데, 고작 여섯 명에 지나지 않았다.

그중 어제의 매복 작전에서 두 명이 죽었다.

나머지 네 명의 목숨도 오늘 밤까지일 것이다.

"개자식들!"

장팔봉이 다시 낮게 으르렁거렸다.

풍운당의 당주 이하 각 타주들을 싸잡아 욕하는 것이다. 가슴속에 그들에 대한 증오심이 이글거린다.

열 명도 부족한데 고작 여섯 명만 충원해 준 데 대한 불만이었고, 그 여섯 명도 전투 경험이라고는 전혀 없는 새파란 신출내기들이라는 것에 대한 불만이었다.

"저희들은 한 번도 이런 지옥 같은 곳에 와보지 않으면서 주둥이는 살아서 늘 호통만 쳐대지. 당주 이하 다섯 타주만으로 매복조를 만들어서 사흘 밤낮을 엎드려 있게 해보고 싶다. 하루도 견디지 못하고 죄다 달아나 버릴걸? 아니면 죄다 뒈져 버리겠지. 흥, 그런 것들은 다 뒈져 버리는 게 무림맹을 위한 길이야."

"저기, 조장님……."

"뭐야?"

"우리 지금 매복 중인데요?"

"그래서 어쨌다고?"

"저기, 음성이… 조금……."

신참의 얼굴에 두려움이 가득했다.

매복조는 숨소리마저 죽이고 엎드려 있어야 한다고 교육받았는데, 조장이라는 자가 계속 중얼거리고 있으니 불안한 것이다.

게다가 분해서 씩씩거리며 음성마저 조금씩 높아지고 있지 않은가.

"왜? 발각될까 봐 두려우냐?"

"그게 아니라……."

"잘 봐. 바로 저기에 놈들의 척후가 숨어 있다. 보여? 벌써 들통이 난 거야, 이놈아."

"예?"

신참의 눈이 휘둥그레졌다.

잔뜩 위축되어서 두리번거리는 것이 영락없이 겁먹은 토끼다.

장팔봉이 혀를 찼다.

"쯧쯧, 이런 한심한 놈 같으니……."

아무리 눈에 힘을 주고 살펴봐도 신참의 눈에는 어둠과 적막만 가득할 뿐 수상한 건 조금도 보이지 않았다.

바람마저 멎어서 나뭇가지 하나 움직이지 않는다.

"저를 놀린 거로군요. 아무것도 없는데 괜히 겁주지 마세요."

"그래? 그럼 내가 보여주지."

장팔봉이 칼을 놓더니 큼직한 돌멩이 한 개를 집어 들었다.

자기가 가리켰던 어둠을 향해 힘껏 던진다.

잠잠하다.

아무 소리도 나지 않았다.

신참의 눈이 더욱 커졌다. 비로소 느낀 것이다.

땅에 떨어지는 소리도, 무엇에 부딪치는 소리도 나지 않는다는 건 곧 누군가가 있어서 그것을 받았다는 것이기 때문이다.

그리고 그 누군가의 반응이 이내 왔다. 맹렬한 것이었다.

"우와아!"

갑자기 숨 막히던 적막을 찢어놓는 고함 소리가 터져 나왔다. 그리고 시커먼 그림자들이 쏟아져 온다.

"저, 저, 적!"

신참이 놀람으로 턱을 떨 때, 장팔봉은 숫자를 세고 있었다.

"…넷, 다섯… 여섯 놈이군."

그들이 스무 걸음 앞까지 밀려왔다.

장팔봉이 매복해 있는 곳은 낮은 언덕 위였다. 그곳에 구덩이를 파놓고 들어앉아 있었던 것이다.

놈들의 달려 올라오는 속도가 조금 느려진다.

"가자!"

그때를 기다렸던 듯 장팔봉이 버럭 외치며 칼을 쥐고 구덩이에서 뛰어나갔다.

"끼요옷!"

몸을 일으키자마자 언덕에 우뚝 올라서서 기괴하게 외치더니 힘껏 도약한다.

쾅!

열 걸음을 단번에 뛰어 건넌 그의 칼이 앞섰던 놈의 정수리를 쪼개 버렸다.

그리고 그는 미쳤다.

"끼야아—"

여전히 굉렬한 소리를 질러대며 미친 듯 좌우로 휩쓸어가는데, 칼 빛이 번쩍이는 곳마다 단갑이 쩍쩍 벌어지고 갈라지는 소리가 났다.

"으아악!"

적의 비명 소리가 그 뒤를 따라 쏟아진다.

순식간에 네 놈이 장팔봉의 칼에 맞아 죽거나 운신 불능의 중상을 입고 나뒹굴었다.

비로소 용기가 살아난 신참들이 그 뒤의 공격에 가세하자 싸움은 두어 번 숨을 쉬는 사이에 결판이 나고 말았다.

"으아아!"

두 번째 싸움에서 보기 좋게 승리하고 전과를 올린 신참들이 함성을 질러댔다. 흥분이 곧 사기가 되어 하늘을 찌를 듯 솟구친 것이다.

"병신들."

장팔봉이 그런 신참들을 흘겨보며 발아래 퉤, 하고 침을 뱉었다.

"예? 여기를 버린단 말인가요? 반드시 지켜야 하는 길목이고 요충지라고 하지 않았습니까?"

"조금 전까지는 그랬지."

"그럼……."

"병신아, 너는 설마 방금 우리가 죽인 여섯 놈이 전부라고 생각하는 건 아니겠지?"

"또 있다는 겁니까?"

신참의 얼굴에 다시 두려움이 서렸다.

조장인 장팔봉이 겨우 제 이름 석 자나 쓸 줄 알고 읽을 줄 아는 무식쟁이라는 건 익히 들었다.

하지만 그에게는 누구도 갖지 못한 장점이 있었는데, 바로 이와 같은 상황에서 정확하게 판단하고 결단한다는 거였다.

수많은 싸움을 치르는 동안 스스로 깨우치게 된 지혜이면서 산지식이다.

그러므로 장팔봉이 시키는 대로만 하면 살아남을 확률이 그 어떤 조보다 높다는 걸 신참들은 잘 알고 있었다.

지금과 같은 상황에서 장팔봉이야말로 그들에게 신과 같은 존재였던 것이다.

그러나 장팔봉에게는 그런 신참들이 지겨운 짐이기만 했다.

'대체 이런 것들을 데리고 얼마나 더 싸워야 한다는 거야? 이것들이 언제 제 구실을 하겠어?'

신참들을 둘러보는 장팔봉의 얼굴에 한심해하는 기색이 가득했다.

그러면서도 알아듣기 쉽게 설명해 주어야 한다고 생각했다. 그래야 이놈들이 하나라도 더 배우고, 그래야 하루라도 더 살아남을 수 있을 테니까.

"그놈들이 들이닥치면 우리는 모두 죽고 말 거다. 그전에 도 망쳐야겠지?"

"……."

"그리고 이곳은 이미 노출되었으니 더 이상 요충지가 아니다. 쓸데없이 여기서 개죽음당할 필요 없겠지?"

신참들이 비로소 이해했다는 얼굴로 일제히 머리를 끄덕였다.

장팔봉은 거듭 한심하기만 했다.

쩝, 하고 쓴 입맛을 다신 장팔봉이 되도록 친절한 얼굴을 하려고 노력하며 말했다.

"놈들은 척후에 불과해. 그것도 첨병이지. 지금쯤 척후대가 비명 소리를 듣고 이리 달려오고 있을 것이다. 첨병만 여섯 명을 운용한 걸로 보아 척후대는 서른 명쯤 될걸?"

그런 말까지 친절하게 해줘야 하는 자신이 한심했다.

'이건 뭐, 애들을 돌보는 보모도 아니고… 참 나.'

"헉!"

장팔봉의 설명을 들은 신참들의 얼굴에 공포의 기색이 역력하게 떠올랐다.

'쯧쯧, 한심한 것들.'

장팔봉은 속으로 혀를 찼다.

서른 명쯤은 나 혼자서도 해치워 버리겠다는 오기가 없고서는 하루도 살아남기 힘든 상황이다.

하지만 신참들은 제 살 궁리를 하기에만 급급했지 적을 죽여야 나에게 살 길이 생긴다는 걸 눈곱만큼도 이해하지 못하고 있었다.

"가자."

장팔봉이 지난 이틀 동안 뿌리내린 바위처럼 지키고 있던 언덕을 미련없이 버리고 재빨리 이동하기 시작했다.

어둠 속이라 어디가 어디인지도 분간할 수 없다.

희미한 달빛에 의지해서 신참들은 죽어라고 장팔봉의 뒤를 따를 뿐이었다.

잠시라도 한눈을 팔았다가는 그를 놓치게 될 거라는 두려움에 다른 생각을 할 정신이 없는 것이다.

장팔봉이 몸을 낮추면 신참들도 그렇게 했고, 그가 박박 기면 신참들도 그렇게 했으며, 최대한 소리를 죽이며 조금씩 천천히 전진하면 신참들도 그렇게 했다.

왜 그래야 하는 건지 의아해하기보다 그를 따라 해야만 살 수 있다는 믿음이 컸던 것이다. 이 상황에서 그는 유일하게 믿을 수 있는 신이니까.

그래서 그들은 한 마리의 뱀처럼 되었다.

숨소리마저 최대한 억제한 채 엎드려서 배로 땅을 스치듯 하며 소리없이 나아간다.

앞섰던 장팔봉이 한 손을 들어 올리더니 주먹을 꽉 쥐었다.

신참들이 즉시 움직임을 멈추고 납작 엎드린다.

장팔봉이 다시 손으로 가리키는 곳을 보고서야 그들은 저희들이 어디로 왔는지 알았다.

'왜……?'

일제히 이해할 수 없다는 눈길을 장팔봉에게 보낸다.

저쪽, 어둠 속에 둥그렇게 솟아 보이는 곳.

그곳은 자신들이 버리고 떠났던 바로 그 매복지가 아닌가.

어둠 속을 멀리 한 바퀴 맴돌아 다시 돌아온 것이다.

그럴 거면 무엇 때문에 이 고생을 했나 싶은 불만이 싹튼다.

곁에 있던 신참이 장팔봉의 귀에 대고 속삭였다.

"아니, 다시 저리로 가는 겁니까?"

"저곳은 반드시 지켜야 하는 요충지야. 길목이란 말이다. 그걸 버리면 되겠어?"

"아까는 이미 노출되었으니 이제 필요없다고 하지 않았습니까?"

"병신아, 아까는 그랬고 지금은 다시 필요하단 말이다. 이해가 가냐?"

"……"

'이런 놈들을 데리고 매복조가 되어 최일선에 나섰으니 나도 참 한심한 놈이지.'

그런 진심까지 말해줄 필요는 없다.

장팔봉이 최대한 목소리를 낮추어 속삭이듯 말했다.

"이번 싸움은 찍소리 한마디 새어 나가지 않게 해야 한다. 극히 은밀하고 신속하게 해치워야 하는 거야. 아까처럼 고함을 질러대는 놈은 내가 죽여 버리겠다."

'왜?'

바라보는 신참들의 눈길이 하나같이 그런 의문을 담고 있다.

한숨을 쉰 장팔봉이 다시 속삭였다.

"소리를 내면 조금 있다가 다가올 본대의 놈들이 우리가 기습했다는 걸 알지 않겠냐? 너희들 같으면 이리로 오려고 하겠어?"

"본대라고요?"

한 녀석이 눈을 휘둥그레 뜨고 말했다. 속삭인다고 했지만 놀란 바람에 저도 모르게 목소리가 약간 높아졌다.

무섭게 노려보는 장팔봉의 눈길을 받은 그놈이 급히 제 입을 틀어막았다.

장팔봉이 즉시 몸을 더욱 낮추고 숨을 죽였다.

적막이 지루하게 흐른다.

다행히도 언덕 위의 요충지를 차지하고 있는 놈들은 눈치채지 못한 것 같았다.

이곳에 매복해 있던 자들이 모두 달아났다고 여기고 방심한 게 틀림없다.

안심한 장팔봉이 다시 속삭였다.

"지금쯤 척후조는 본대로 돌아가 이곳의 상황을 보고하고 있을 것이다. 이곳이 정리되었다는 보고를 받으면 본대가 움직일 것 아니겠느냐? 반 시진쯤 뒤에는 콧노래를 부르면서 당

도할걸?"

"그럼 저 위에는……."

"많아야 대여섯 놈쯤 남아 있겠지. 확보한 교두보를 지킨답시고 말이다."

그 정도라면 해볼 만하다고 여긴 신참들이 눈을 반짝이며 언덕 위를 바라본다.

"단궁을 쓸까요?"

한 놈이 조심스럽게 물었다.

그들은 모두 두어 뼘 정도 되는 크기의 단궁(短弓)을 지니고 있었는데, 석궁(石弓)을 휴대용으로 개조한 것이다. 한 번에 세 대의 짧은 화살을 쏘아낼 수 있었다.

근접한 거리에서 기습을 가할 때 매우 유용했고, 위력적이다.

장팔봉이 고안했고, 신참을 받으면 그들에게 제일 먼저 그것을 만들어 지니게 했다.

잠깐 생각한 장팔봉이 머리를 가로저었다.

"안 돼. 정확하게 목줄기를 꿰뚫지 않으면 비명을 지르게 된다."

역시 찍소리를 낼 새도 없이 죽이려면 칼이나 검으로 강력한 타격을 주어야 하는 것이다.

"할 수 있는 한 정수리나 목덜미를 찍어라. 정확하게 심장을 쑤셔 버리든가. 엉뚱한 짓을 해서 놈들에게 비명을 지를 여유를 주는 놈은 내가 죽여 버리겠다. 명심하도록."

옥박지른 장팔봉이 앞서 조금씩 기어 나가기 시작했다. 신참들이 제발 제 몫을 잘해주기를 간절히 빈다.

핏!

장팔봉의 칼날이 벼락처럼 떨어졌다. 웅크리고 있던 놈의 목덜미를 반으로 쪼개며 박혀 버린다.

그와 거의 동시에 소리도 없이 언덕 위의 매복지로 뛰어든 신참들의 도검도 매서운 바람 소리를 뿌려댔다.

"억!"

"크윽!"

억눌린 낮은 비명 몇 마디가 새어 나온 걸로 순식간에 상황이 끝나 버렸다.

장팔봉의 예측대로 정확하게 여섯 놈이 남아서 느긋하게 본대를 기다리고 있다가 왜 죽는지도 미처 알아채지 못하고 죽어버린 것이다.

"좋았어."

장팔봉이 처음으로 흡족한 웃음을 지었다. 신참들이 기대했던 것보다 훨씬 더 매끄럽고 깨끗하게 처리해 주었기 때문이다.

싹수가 보이는 놈들이라고 생각했다.

'이번 놈들은 조금만 더 가르치면 제법 많이 살아남겠는걸.'

그런 기대감이 생기기도 했다.

온다.

어둠 속에서 꾸물거리며 움직이는 것들이 보이기 시작했다.

하나, 둘, 셋…….

다 헤아릴 수가 없다.

이내 온 숲이 와사삭거리고 저벅거리는 발소리로 가득 찼다.

"니미럴, 좆 됐다."

장팔봉이 찍, 침을 뱉더니 중얼거렸다.

"백 명도 넘겠는데?"

신참들의 얼굴이 그 즉시 사색이 되었다.

"작전을 바꾼다. 여기를 버려야겠어."

"또요?"

"그럼 악착같이 이 빌어먹을 곳을 지키다 죽으리?"

"……."

"하지만 버릴 땐 버리더라도 본때를 보여주긴 해야겠지?"

"……?"

"단궁에 살을 올려. 꽉꽉 채워서 실어라."

장팔봉이 세 대의 화살을 단궁에 채워 넣고 벌떡 일어섰다.

그새 놈들의 선봉은 언덕 아래까지 다가와 있었다.

"끼야아!"

장팔봉이 다시 괴성을 질러대며 미친 듯 언덕을 달려 내려갔다.

두려움도 없이 힘껏 도약하여 놈들 속으로 뚝 떨어진다.

쉿쉿쉿!

그 즉시 세 대의 화살을 쏘았고, 세 놈이 가슴에 화살을 박은 채 비명을 터뜨리며 나뒹굴었다.

"끼야아!"

장팔봉의 괴성이 다시 터져 나왔다. 단궁을 버린 그가 칼을 휘두르기 시작한 것이다.

뒤따라 달려 내려온 신참들이 가세했고, 그들의 주위에서도 괴성과 함께 적의 비명성이 쏟아지기 시작했다.

그들도 장팔봉이 했던 것처럼 단궁을 쏘아 먼저 적의 기선을 제압하고 도검을 휘두르며 마구 소리치고 있었다.

순식간에 열댓 놈의 마졸이 죽어나갔다.

"이쪽이다! 따라와!"

장팔봉이 다시 한 놈의 머리통을 쪼개고 몸을 틀며 버럭 소리쳤다.

뒤도 돌아보지 않고 왼쪽을 향해 달려간다.

안심하고 행군해 왔던 놈들의 선봉은 갑작스럽고 맹렬한 기습에 우왕좌왕했다. 상대가 몇 명인지도 미처 파악하지 못했다.

장팔봉이 앞에 있는 놈들을 무조건 찍어 넘기며 기어이 왼쪽을 뚫고 숲 속으로 뛰어들었다.

정면으로 치고 들어와 한바탕 휘저어놓고 왼쪽으로 빠져나간 것인데, 어림짐작으로도 스무 놈 넘게 죽여 버렸으니 기습의 전과치고는 상당히 괜찮은 편이었다.

크게 놀라고 당황한 놈들은 잠시 전진을 멈출 것이다.

앞에 또 어떤 매복이 있을지 몰라 조심하며 웅크리고 척후를 사방으로 풀어놓을 것이다.

그들의 보고를 기다리고 전황을 파악하느라 바쁘게 움직이다 보면 날이 밝으리라.

그러면 야습의 효과는 사라져 버린다.

장팔봉은 그걸로 제 임무는 넘치도록 했다고 생각했다.

보상 따위는 바라지 않지만, 당으로 돌아가면 적어도 그 보기 싫은 당주라는 자로부터 욕은 얻어먹지 않을 것이다.

'그러면 됐지 더 이상 뭘 바라겠어? 제기랄.'

와사삭거리며 정신없이 숲을 뚫고 달리던 장팔봉이 비로소 멈추어 서서 거친 숨을 헐떡였다.

뒤따라오는 발소리가 들린다.

두 명뿐이었다.

두 명은 기어이 그곳에서 빠져나오지 못하고 죽은 것이다. 낙오되었다고 해도 마찬가지다.

"빌어먹을!"

장팔봉이 땅을 굴렀다. 이제부터는 두 명의 신참만을 데리고 임무를 수행해야 하는 신세가 되었으니 살아 있어도 산목숨이라고 할 수가 없는 것이다.

풍운당에서 인원을 보충해 주기 전에 다 죽어버릴지도 모른다.

第二章

그놈의 목은 내 거다

鳳鳴刀
봉명도

그놈의 목은 내 거다

"쓸모없는 것들!"

휙—

재떨이로 쓰고 있던 놋쇠 항아리가 가볍게 허공을 난다.

픽!

그것이 장막 입구에 어정쩡하게 서 있던 놈의 면상에 처박
혔다.

피가 튀고 뇌수가 터져 나와 흩어진다.

어깨 위의 물건을 잃어버린 놈이 비명도 지르지 못하고 철
퍼덕 쓰러졌다.

"이 한심한 밥벌레들!"

쐐애액—

이번에는 장죽이다.

그것이 화살처럼 날아갔다.

퍽!

또 한 놈의 면상을 꿰뚫고 뒤통수로 반쯤 삐져나온다.

"끄으으―"

그놈이 기괴한 신음성을 흘리며 벌러덩 나자빠졌다.

또 뭐가 없나 두리번거리는 노인의 눈에 핏발이 가득했다. 터져 버릴 것 같다.

"처, 천주… 고정하소서."

노인의 곁에 서 있던 중년의 사내가 떨리는 음성으로 진언했다. 곁에서 노인을 보좌하는 참모다.

"이러시면 아랫것들의 사기가 더욱 떨어질 것입니다."

"응? 사기?"

"이럴 때일수록 천주께서 관용을 보이시는 게 사기 진작에 도움이……."

퍽!

던질 걸 찾지 못한 천주 노인의 주먹이 그대로 중년 사내의 면상 속으로 쑥 들어가 버렸다.

"또 지껄일 놈 없느냐?"

"……."

"없어?"

"없습니다!"

퍽!

큰 소리로 대답했던 놈의 면상에 박혀 버린 건 바람이었다.

보이지 않고 흔적도 없는 한줄기 지풍(指風)이다.

천주 노인이 신경질적으로 손가락 한 개를 까딱했을 뿐인데 그것에서 쏘아져 나간 지풍이 그놈의 얼굴에 구멍을 내버렸다.

바람이 뚫고 들어간 곳의 구멍은 콩알만 한데, 그것이 빠져 나온 뒤통수의 구멍은 사발만 했다.

털썩!

장막 안에 남아 있던 자들이 일제히 무릎을 꿇는다. 더 이상 숨도 크게 쉬는 자가 없다.

"쯧쯧, 정말 한심한 것들뿐이라니까."

어느 정도 분풀이가 되었던지 천주 노인의 기세가 한결 부드러워졌다.

"내가, 대패천파련의 마환천주(魔幻天主)인 이 무심적괴(無心赤怪) 도적성(都赤星)이, 그래, 피라미 같은 것들 몇 명 때문에 이런 치욕을 당해야 되겠어? 그것도 무림맹 총단을 코앞에 둔 이곳에서 말이다."

"……"

"그래, 안 그래?"

"……"

이제는 나서서 대답하는 자가 없었다. 오직 땅바닥에 납작 엎드린 채 바위처럼 굳어 있을 뿐이다.

"쯧쯧, 쓸모없는 것들 같으니……."

혀를 찬 마환천주 도적성이 손짓을 했다.

장막의 문이 활짝 열리고 흑의를 입은 음침한 인상의 장한 한 명이 꽁꽁 묶인 청년을 끌고 들어왔다.

아무 말 없이 대뜸 무릎을 걷어차 꿇린다.

청년은 풍운조에 속해 있는 자였는데, 지난밤의 싸움에서 사로잡혔다.

마환천주 도적성을 바라보는 얼굴에 두려움이 가득했다.

그를 끌고 들어온 흑의장한이 도적성에게 깊이 허리를 숙여 보이고 청년의 등 뒤에 섰다.

마환천주가 청년을 물끄러미 바라보더니 무심한 어투로 물었다.

"이름은?"

"저, 저, 정필교입니다."

"어디 출신이냐?"

"화, 화산의 삼대제, 제자입니다."

"쯧, 화산파의 어린애였구먼."

혀를 찬 도적성이 은근한 눈길을 보냈다.

"그래, 너희 장문이신 천은노선께서는 안녕하시냐?"

"예?"

"내가 한때 천은노선과 내기 바둑도 두고 그랬던 사람이니라. 노선이 무심적괴 도적성에 대해서 말하지 않던?"

"……."

"하긴, 너희들 어린것들이 뭘 알겠느냐."

포로가 된 청년 정필교의 얼굴에 한 가닥 안도의 기색이 어렸다. 패천마련의 오천주 중 한 명인 눈앞의 대마인이 장문인과 친분이 있는 듯하니 그렇다.

'잘하면 살 수 있겠는데?'

"그놈 이름이 뭐지?"

"예?"

"우리 애들을 박살 내고 다니는 그놈 말이다. 풍운조라고 하던가?"

"아, 예. 장팔봉이라고 합니다."

"음, 장팔봉이란 말이지?"

도적성이 눈살을 찌푸렸다. 이름에서 촌티가 팍팍 났기 때문이다. 그런 이름을 가진 놈들치고 변변한 자가 없다.

"그놈은 사문이 어디냐?"

"그건 저도 잘……."

"몰라?"

"구대문파 출신이 아닌 건 분명합니다."

"그럼 그놈 사부는 누구래?"

"그것도 잘……."

"……."

도적성의 눈매가 가늘어졌다. 정필교가 즉시 소리친다.

"이름 있는 강호의 명숙이 아닌 건 분명합니다!"

"몇 살이나 먹었대?"

"말해주지 않아서 모릅니다. 짐작에 한 스물서넛은 된 것 같은데……."

"그럼 네가 아는 게 뭐냐?"

"죄송합니다."

"좋다. 그놈이 배운 무공은 뭐지? 어떤 초식을 주로 써?"

"그게 저기……."

"그것도 몰라?"

"일정한 초식 같은 게 없어서… 무공이라고 하기에는 그게 조금……."

"그래도 우리 애들을 그렇게 박살 내고 다니는 걸 보면 뭔가 비장의 초식이 있을 것 아니겠느냐?"

"잘 모릅니다."

마환천주 도적성이 한심하다는 듯 정필교를 바라보고 그의 등 뒤에 서 있는 흑의장한을 바라보았다.

이런 놈을 무엇 때문에 잡아왔느냐고 책망하는 것 같다.

"이건 도대체 아는 거라곤 제 이름밖에 없는 놈 아니냐?"

"아니, 아닙니다!"

위기를 느낀 정필교가 고개를 발딱 들고 소리쳤다.

"풍운조가 다음에는 어디에 매복할지 그 장소를 압니다!"

도적성이 눈으로 묻는다.

정필교는 정신이 없었다. 바로 이곳이, 지금 이 순간이 제 삶과 죽음이 결정되는 극히 중요한 곳이고 때라는 생각에 더욱 절박한 심정이 된다.

"풍운조는 이틀 뒤에 다시 출동하는데, 이번에는 당태령 너

머의 잡목 숲이 될 것입니다! 그곳에 참대로 가려져 있는 언덕이 하나 있는데 거기 매복할 거라고 하는 얘기를 들었습니다!"

"그게 다냐?"

"예?"

"풍운조가 전부 몇 놈인지, 언제부터 언제까지 매복할 건지, 주변에 몇 개의 매복조가 함께 포진하는 건지, 그 위치는 어디며 누가 매복조들을 통솔하는 우두머리인지, 뭐, 그런 게 같이 나와줘야 하는 것 아니겠어?"

"그게… 그러니까… 그동안 몇 명이 보충되었는지 몰라서……. 그리고 저는 말단 조원인지라 거기까지는 잘……."

"파하—"

한숨을 내쉰 도적성이 귀찮다는 듯 손을 내저었다. 데리고 나가라는 것 같다.

'살았다!'

정필교의 얼굴에 기쁨이 번졌다.

그 순간, 그의 등 뒤에 있던 흑의장한의 허리춤에서 번쩍하고 한 가닥 싸늘한 빛이 뻗어 나와 허공을 갈랐다.

파아—

정필교의 목이 어깨에서 뚝 떨어져 제 무릎 앞에 뒹굴고, 이내 붉고 뜨거운 선혈이 허공으로 확 뿜어졌다.

"잘했다. 쓸 만한 솜씨야."

도적성의 칭찬에 흑의장한이 깊이 허리를 숙인다. 여전히 말 한마디 없는 자였다.

"이틀 뒤에 다시 치는데, 이번 선봉은 네가 맡아라."

"존명!"

도적성의 군령에 흑의장한이 크게 복명했다.

"장팔봉이라는 놈의 목에 현상금을 건다. 누구든 그놈을 생포해 오면 황금 다섯 관을 주겠다. 죽여서 목을 가져오면 세 관을 준다."

"아!"

그 말에 그때까지 복지부동하고 있던 자들이 일제히 고개를 들었다. 얼굴에 하나같이 탐심이 가득하다.

쯧쯧, 하고 혀를 찬 도적성이 의자 등받이에 깊숙이 몸을 묻으며 중얼거렸다.

"그놈이 대체 어떻게 생겨먹은 놈인지 매우 보고 싶어진단 말씀이야. 그런 놈이 어떻게 무림맹 따위에 붙어 있는지 몰라? 오히려 내 밑에 있었으면 더 어울렸을 놈 아니겠어?"

*　　　　*　　　　*

"이건 뭔가 기분이 좋지 않은데? 매우 안 좋아."

"저기, 조장님."

"뭐."

"우리 지금 매복 중이거든요?"

"그래서 뭐?"

예상했던 대로 보충은 없었다. 그래서 이제는 두 명뿐인 조원이다. 아껴주고 존중해 줘야 한다.

이의를 제기한 자는 이가춘(李加春)이었다. 무당파의 속가 제자다.

묵묵히 왼쪽에 엎드려 있던 자, 공동파의 제자인 왕소걸(王小杰)이 속삭이듯 말했다.

"또 발각되었나요?"

"언놈이 왔어야 발각되거나 말거나 하지. 개미새끼 한 마리 얼씬거리지 않는다."

장팔봉이 이제는 아예 몸을 일으키더니 구덩이 위에 걸터앉았다.

그와 함께 몇 번의 싸움을 치렀고, 아직 살아 있게 된 이가춘과 왕소걸도 처음과는 달리 대담해져 있었다.

그들도 일어나더니 장팔봉의 좌우에 걸터앉았다.

"기분이 영 아니란 말씀이야."

"뭐가 말입니까?"

"낚시해 봤냐?"

"갑자기 그게 무슨……."

"미끼를 던지기 무섭게 피라미들이 아귀처럼 달라붙다가 어느 순간 싹 사라져 버릴 때가 있지."

"……."

"찌가 말뚝처럼 요동을 하지 않는 거야. 그러면 바보 낚시꾼 은 다른 곳으로 자리를 옮긴다."

"당연한 거 아닐까요?"

"천만에. 그건 대어가 오고 있거나 왔다는 증거야. 그놈이 오니까 피라미들이 싹 사라져 버린 거지. 더욱 긴장하고 미끼에 신경을 쓰고 있으면 반드시 팔뚝만 한 놈이 낚인다."

"아!"

"말뚝처럼 움직이지 않던 찌가 한순간 까닥이지도 않고 그대로 쑥 빠져 버리지. 긴장하고 있지 않다가는 고기는커녕 낚싯대마저 그놈에게 빼앗겨 버리고 만다."

"그 말씀은⋯⋯."

"지금이 바로 그때 같단 말이야. 봐, 바람도 없다. 너무 조용하지 않냐?"

"⋯⋯."

"가자."

"예?"

"자리를 옮기자고. 이럴 때는 자리를 바꿔야 해."

이가춘과 왕소걸이 어리둥절해서 장팔봉을 바라본다.

"아니, 조금 전에 한 낚시 얘기하고는 다른데요?"

"능숙한 낚시꾼은 이럴 때 더욱 긴장하고 기다려야 하는 거 아닌가요?"

"병신들. 지금 우리가 낚시하고 앉아 있냐?"

침을 퉤, 뱉은 장팔봉이 주섬주섬 제 물건을 챙기더니 아무 망설임 없이 웅덩이를 벗어났다.

그를 바라보는 이가춘과 왕소걸의 얼굴에 망설임이 가득하다.

"저건 명령 위반 아닌가?"

"병신."

이가춘이 발아래 침을 뱉고 중얼거렸다.

"조장이 어디 제대로 명령을 지키는 거 봤어?"

"하긴."

머리를 끄덕이면서 왕소걸은 어느새 이가춘이 장팔봉의 말투나 행동을 그대로 닮아가고 있다는 걸 알고 속으로 놀랐다.

무당파에서 배웠던 그 엄숙하고 절제된 행동이 건달처럼 변해 버린 것이다.

'나도 혹시 그런 것 아닐까?'

왕소걸은 새삼 제 몰골을 훑어보았다. 어디에도 공동파의 제자라는 자부심은 보이지 않았다. 어느새 그 또한 꾀죄죄하고 거친 몰골이 되어 있었다.

"병신들."

누구에게랄 것 없이 툭 뱉어낸 왕소걸도 다리를 건들거리며 제 짐을 주섬주섬 챙기기 시작했다.

저쪽에서 이가춘이 짐을 들고 일어선다.

"이런 일에는 그저 조장의 명령만 들으면 되는 거야. 다른 병신들이야 뭐라고 짖어대든 상관할 거 없어."

그놈의 목은 내 거다.

천주로부터 직접 명령을 받는 영광을 입었다.

그러니 더욱 분발해서 반드시 장팔봉이라는 놈의 목을 가져가야 한다.

아니, 놈을 생포해서 천주 앞에 무릎 꿇려야 하리라.

검은 옷의 장한, 흑섬마도(黑閃魔刀) 이릉파(李陵派)는 결의를 새롭게 했다.

그는 섬서 지방에서 마명을 떨치는 고수였는데, 패천마련의 부름이 있자 기꺼이 저의 근거지를 부수고 달려왔다.

한 자루 묵도(墨刀)를 귀신같이 빠르게 쓰는 자로 강호에 널리 알려져 있다.

무정하고 가혹한 손속은 그의 칼을 마도로 만들어주는 데 손색이 없었다.

제 칼에 대한 자부심이 대단한 이릉파였지만 온갖 마귀들이 득시글거리고, 각 방면의 고수들이 우글거리는 패천마련인지라 제 이름을 빛낼 기회가 거의 없었다.

그래서 이번이야말로 절호의 기회라고 생각했다.

"시간."

그가 속삭이자 곁에 바짝 붙어 있던 자가 손가락 두 개를 펴 보였다.

"좋아."

풀숲에 납작 엎드려서 눈앞의 언덕을 노려보는 이릉파의 숨결이 차가웠다.

참대나무가 빼곡하게 자라 있는 언덕이었다.

저곳에 장팔봉이라는 놈이 조원들을 거느리고 엎드려 있으리라.

'제 매복지가 알려졌다는 걸 놈은 까맣게 모르고 있을 테지. 그렇다면 이건 해보나마나 한 싸움이다.'

이미 결과가 드러난 거나 다름없다는 생각에 이릉파는 느긋해졌다.

그가 야습의 전초로 자원하자 황기령주가 펄쩍 뛰었다.

"전초는 당신 같은 고수가 할 만한 일이 아니야. 그야말로 당장 뒈져도 아깝지 않은 자들의 몫이지."

전초로 나가는 자는 무조건 죽는다. 그게 황기령주의 머릿속에 강하게 박혀 있는 의식이었던 것이다.

여태까지 야습의 전초로 나가서 무사히 돌아온 자가 거의 없기 때문이기도 하다. 그래서 사기가 바닥이다.

패천마련의 전위부대에게 그런 생각을 심어준 장본인이 바로 풍운조였다.

풍운조의 조장인 장팔봉이다.

그걸 생각할수록 이릉파의 호승심은 더욱 불타올랐다.

'장팔봉이라고? 흥, 그놈이 어떤 놈인지 내 눈으로 보고 말 테다.'

눈앞에 우뚝 솟아 있는 언덕을 노려보면서 이릉파는 내심 이를 갈았다.

"조금 더 접근한다."

그의 명령에 전초로 따라나선 스무 명의 마졸들이 몸을 더욱 낮추고 조금씩 전진하기 시작했다.

이런 일을 위해 많은 훈련을 받았고, 실전에도 몇 차례 투입

되었던 경험자들답게 소리 하나 내지 않고 꿈틀꿈틀 움직여 나아간다.

그들과 스무 걸음쯤의 거리를 두고 이룽파는 전진을 멈추었다.

전초가 풍운조를 급습하면 그들에게 대항하는 장팔봉을 지켜보려는 심산이었다.

몇 수만 구경해도 그놈이 어떤 문파의 어떤 무공을 사용하는지 알아낼 수 있다. 그러면 그놈에게 대응할 가장 효과적인 방법을 찾아낼 수 있고, 필승하리라고 믿는다.

'봤지?'

장팔봉의 눈짓이 그렇게 말했다.

이가춘과 왕소걸이 정신없이 머리를 끄덕였다.

그들의 눈에는 두려움이 깔려 있었다. 제 앞을 뱀처럼 기어 지나가고 있는 자들이 무려 스무 명이나 되었기 때문이다.

그자들이 언덕을 향해 멀어지고, 한 놈이 멈추어 서는 게 보였다.

그자가 전초를 이끄는 조장이라는 건 짐작하지만, 그가 흑섬마도로 불리는 이룽파라는 건 알지 못했다.

장팔봉이 눈짓으로 명령했다.

'저놈은 내 몫이다. 내가 들이치면 너희들은 앞서간 놈들의 뒤통수를 까버리는 거다. 알았지?'

이가춘과 왕소걸이 눈짓으로 대답하고 검 자루를 움켜쥐

었다.

그자, 흑섬마도 이룡파가 천천히, 아주 조심스런 걸음으로 다가왔다.

제 발아래 장팔봉이 매복해 있다는 걸 까맣게 모르고 있다.

그가 몇 걸음 더 언덕 쪽으로 나아갔을 때, 장팔봉이 불쑥 몸을 일으켰다.

"끼야아!"

느닷없이 뒤통수를 후려치는 괴성.

"깜짝이야!"

그 뜻밖의 고함에 이룡파는 간이 떨어질 만큼 놀랐다.

움찔한 그가 기겁을 하고 돌아설 때 머리 위에서 강력한 일격이 쳐내려오고 있었다.

상대가 누구인지 알아볼 새도 없다.

새하얀 빛을 뿌리며 낙뢰처럼 떨어지는 것이 검인지 칼인지도 알아볼 새가 없다.

이룡파가 헛숨을 들이켜며 본능적으로 몸을 틀었다.

쉬아앙ㅡ

그의 옆머리를 훑듯이 하며 아슬아슬하게 일격이 흘러갔다.

그리고 연이어 쏟아져 들어오는 제이격과 삼격.

이룡파는 미처 칼을 뽑을 여유조차 잡을 수 없었다.

"이야아ㅡ!"

와사삭거리며 뛰어나가는 두 놈이 언뜻 눈에 들어왔다. 이가춘과 왕소걸인데, 그들을 본 순간 이룡파는 다 틀렸다는 생각에 아뜩해졌다.

기습을 하기 위해 왔다가 오히려 기습을 당한 것이니 더욱
당황스럽다.

"피해?"

귓속으로 악귀처럼 부르짖는 소리가 파고든다.

이릉파가 온몸의 힘을 두 발에 실었다.

실전에서 적을 쫓아 들어가던 추명보(追命步)가 지금은 적
의 칼을 피해 달아나는 퇴명보(退命步)가 되었다.

그 수치심에 이가 갈리지만 눈앞에 있는 자는 찰거머리 같
았다.

떼어놓을 수가 없다.

"끼야아—!"

소리는 또 왜 그렇게 질러대는 건지.

귀가 다 먹먹해지고 정신이 혼란해진다.

장팔봉은 단단히 화가 나 있었다.

한 칼이면 충분하리라고 자신했는데 벌써 다섯 번째나 칼질
을 하고 있었기 때문이다.

그렇게 하고도 잡지 못했다.

'자존심!'

그걸 떠올린 장팔봉이 더욱 크게 악을 써서 소리치며 좌우
로 무지막지한 칼부림을 해댔다.

씽씽 쏟아져 나가는 칼바람 소리에 제 귀가 얼얼해질 정도
였다.

무섭게 달려들던 그가 멈칫했다.

발끝에 돌부리라도 채인 건지 모른다.

눈 깜짝할 순간에 불과한 아주 작은 틈이었다.

다른 사람이라면 미처 눈치 채지도 못했을 테지만 묵섭마도 이릉파에게는 그것이 커다란 대문처럼 보였다.

활짝 열려 있다.

그게 함정이고 속임수라는 생각은 조금도 하지 않았다.

"이놈!"

그 찰나의 순간을 놓치지 않고 몸을 뺀 이릉파가 칼을 잡았다.

그의 손끝이 칼자루에 닿았다 싶은 순간 무시무시한 일격이 뇌전처럼 뻗어나간다.

캉!

그것이 쳐내려오는 장팔봉의 칼을 가로막았다.

묵직한 충격이 온몸에 전해져 온다.

이릉파의 입가에 냉혹한 미소가 떠올랐다.

칼을 뽑은 이상 이놈의 목은 내 것이라고 확신한다.

더 이상 밀리지 않을 것이다.

장팔봉이 주춤하며 진격을 멈추는 게 크게 보였다.

그래서 더욱 확신한다.

하지만 두 번째 도격을 날리려던 이릉파는 멈칫 움직임을 멈추고 말았다.

'왜?'

맹렬히 끓어올라야 할 진기가 가슴에서 딱 막히는 건지, 그래서 호흡이 급격히 끊어지는 건지 이해할 수가 없다.

그의 눈에 두어 걸음 물러서서 활짝 웃고 있는 장팔봉의 얼굴이 크게 보였다.

그가 입을 열어 무어라고 말한다.

"이 병신아, 너 같으면 다섯 번씩이나 헛칼질을 했는데 또 칼질을 하고 싶겠냐?"

"뭐, 뭐라고?"

"다른 수단을 생각해야지. 안 그래?"

이룡파가 그의 눈짓을 따라 천천히 제 가슴을 내려다보았다.

언제 그랬던 것인지, 거기 한 개의 수전이 꼬리만 남기고 박혀 있었다.

천천히 피가 흘러나온다.

"이, 이 비겁한……."

이룡파는 더 말하고 싶었지만 그의 몸은 그것을 허락하지 않았다.

허파가 펄펄 끓는 물에 던져진 것처럼 뜨거워지더니 말을 하려고 입을 벌릴 때마다 울컥울컥 선혈이 쏟아져 나왔던 것이다.

그의 절망적인 눈에 제 목을 향해 떨어지고 있는 하얀 칼 빛이 보였다.

"비겁 같은 소리 하고 자빠졌네. 뒈진 놈이 병신이지."

퉤, 하고 침을 뱉는 장팔봉의 발아래 이룽파의 머리통이 딩굴고 있었다.

아직도 믿을 수 없다는 듯 눈을 부릅뜨고 있다.

                    *   *   *

대승이다.

그래서 더 의심할 여지 없이 장팔봉의 풍운조는 신화가 되었다.

장팔봉과 이가춘, 왕소걸 세 명이서 무려 스무 명이나 되는 패천마련의 척후조를 전멸시킨 것이다.

장팔봉이 들고 돌아온 이룽파의 수급을 본 당주와 분타주들은 하나같이 쩍 벌어진 입을 다물지 못했다.

묵섬마도 이룽파가 어떤 자인지 잘 알기 때문이다.

그런 자가 장팔봉의 매복에 걸려 목이 잘렸다는 게 한편으로는 믿어지지 않기도 했다.

"한 스무 냥쯤 있수?"

이룽파의 수급을 풍운당주인 비호검(飛虎劍) 마득량(馬得梁)의 발아래 내던진 장팔봉이 손을 내밀었다.

마득량이 무언가에 홀린 사람처럼 무의식적으로 품에 손을 넣었고, 두둑한 전랑을 꺼내 장팔봉의 손바닥 위에 올려놓았다.

"어라? 제법 많은데? 한 오십 냥은 되겠다. 고맙수."

두어 번 추슬러 본 장팔봉이 히죽 웃고 돌아섰다.

"얘들아, 가자. 오늘 내일은 휴가다."

"저기, 조장님."

장팔봉을 보고 다시 당주 마득량의 눈치를 보던 왕소걸이 걱정스런 얼굴로 불렀다.

"또 뭐?"

"아직 당주님의 허락이……."

"그럼 네가 받아와."

장팔봉이 미적거리는 이가춘의 등짝을 밀며 재빨리 멀어져 간다.

*　　　*　　　*

"염병!"

퍽!

또 한 놈.

막 보고를 올렸던 놈이 애꿎게 놋쇠 항아리에 맞아 머리통이 터졌다.

"그러고도 너희가 나의 수하들이냐!"

퍽!

얼떨떨해하던 또 다른 놈이 영문도 모르고 장죽에 면상이 꿰뚫린다.

"엉? 너희들이 그러고서도 마환천의 고수들이야?"

책상 위를 더듬지만 더 잡을 게 없다.

퍼퍼펙!

그러자 도적성이 신경질적으로 손가락을 사방으로 튕겨댔다.

"천주!"

한 놈이 우렁차게 외치며 장막의 문을 젖히고 뛰어들다가 그 꼴을 보았다.

우뚝 멈추어 서서 눈만 뒤룩거린다.

"너는 또 뭐냐?"

저쪽을 가리키고 있던 도적성의 손가락이 천천히 돌아서 그자의 면상을 가리켰다.

금방이라도 튕겨낼 듯 꼼지락거리고 있다.

털썩.

즉시 땅바닥에 납작 엎드린 자가 덜덜 떨리는 음성으로 말했다.

"보, 보고 사항… 입니다."

"그래? 어디 지껄여 봐라."

마환천주 도적성은 이제 수하들의 보고에 대해서 기대감을 버렸다.

'들어보나마나지.'

보고가 끝나는 즉시 그놈의 면상도 뚫어버릴 작정으로 여전히 손가락을 꼼지락거리고 있다.

"그, 그, 그놈이, 그놈이……."

"그놈이라니?"

"풍운조의 조장… 그놈이……."

"응?"

도적성이 몸을 똑바로 한다.

"자꾸 더듬거릴래?"

"아닙니다!"

벌떡 몸을 일으킨 놈이 천리마가 달리듯 빠르게 입을 나불 거렸다.

"그놈이 풍운당을 떠났답니다. 수하 두 명을 데리고 우성현 의 저자로 향했다는 정보입니다. 내일까지 휴가랍니다. 묵섬 마도의 수급을 준 대가로 당주로부터 거금을 강탈해 가지고 나갔답니다!"

"언제?"

"오늘 아침나절이라는 보고였습니다!"

"그래?"

도적성이 턱을 괴었다. 그가 무언가 심각한 결정을 하기 전 에 늘 하는 버릇이다.

"천라지망을 펼칠까요?"

"천라지망이라……. 그것도 좋겠지. 한데 말이다."

"……?"

"그놈이 어디로 갔다고?"

"우성현입니다."

아직 무림맹이 꽉 잡고 있는 곳이다.

고착된 이곳의 전선을 뚫고 풍운당을 무너뜨린 다음에야 수중에 넣을 수 있다.

　"우성현이라……."

　다시 턱을 괴고 허공을 바라보던 도적성이 씨익 웃었다.

　"어떤 놈인지 궁금하군. 좋아, 가서 직접 보겠다."

　"예?"

　벌떡 몸을 일으키는 도적성을 바라보는 눈들이 일제히 찢어질 듯 커졌다.

第三章
늙은 이무기와의 조우

鳳鳴刀

봉명도

늙은 이무기와의 조우

―먼저 보는 자가 이긴다.

사부의 곁을 떠난 이래 불변의 진리로 간직하고 있는 장팔봉의 좌우명이다.

그래서 그는 언제 어디에 있든 모든 상황을 한눈에 파악하는 게 습관처럼 되어버렸다.

아무리 즐거운 자리라고 해도, 아무리 술에 취해 있어도 그 습관은 사라지지 않는다.

"뭐야, 저 늙은이는?"

독한 화주를 한입에 털어 넣은 그가 거칠게 잔을 내려놓으며 중얼거렸다.

조금 전에 한 늙은이가 종으로 보이는 수행원 두 명을 대동하고 들어왔는데, 영 마음에 들지 않았던 것이다.

풍채가 좋은 노인이었다.

비단 화복을 입고 점잔을 빼는 것이, 세도가 제법 당당한 지주쯤 되어 보인다.

어디 친척이나 친구 집에라도 방문하러 가는 길인지도 모른다.

노인을 수행하고 있는 자들은 두 명의 중년 사내였다.

한 놈은 덩치가 듬직했고, 한 놈은 그와 반대로 호리호리한 체구다.

허름한 갈색 마의를 입고 낡은 신을 신은 것이 종처럼 보였다.

겉으로 보아서는 의심할 만한 건수가 아무것도 없었다. 하지만 장팔봉은 제 느낌을 믿었다. 그게 벌써 여러 번이나 저를 살려주었고, 풍운조를 지켜주었기 때문이다.

피부에 와 닿는 공기의 흐름과 그 속에 섞여 있는 미약한 기운들을 느끼고 잡아내는 예민함이 갈수록 정교하고 정확해지고 있었다.

생과 사를 넘나드는 긴박한 순간을 밥 먹듯 하다 보니 저도 모르게 생겨난 생존 본능인지도 모른다.

그 본능이 자꾸만 경고를 발하고 있었다.

'저놈들은 고수다. 조심해.'

"뭐가요? 어디 수상한 자라도 있나요?"

마주 앉아 있는 왕소걸이 장팔봉의 심상치 않은 기색을 눈치 채고 의아한 시선을 보낸다.

"왼쪽 구석에 있는 늙은이 말이야. 쳐다보지 마!"

장팔봉이 낮게 꾸짖었다.

왕소걸은 찔끔했으나 기어이 그쪽을 돌아본 이가춘이 피식 웃었다.

"그냥 부잣집 노인장 같은데요, 뭐."

"그럴지도 모르지. 내 신경이 너무 날카로워져 있는 거야."

장팔봉이 애써 아무렇지 않은 듯한 얼굴을 하고 다시 한 잔의 화주를 들이켰다.

"저놈이란 말이지?"

"그렇습니다. 들은 바대로의 인상착의입니다."

"흠, 그런데 뭐 특별한 구석이 있는 녀석 같지도 않구나."

"그저 어디에서나 흔히 볼 수 있는 얼굴이군요. 보통 사람보다 조금 더 악착같고 지독한 놈이라는 느낌을 주는 인상이랄까요?"

"체구는 저만 하면 어딜 가든 듬직하다는 소리를 듣겠는데요?"

"그렇지?"

노인, 마환천주 도적성이 제 생각도 그렇다는 듯 머리를 끄덕이고는 턱을 쓰다듬었다.

"여기서 요절을 내버릴까요? 하명만 하십시오."

호리호리한 자가 눈빛을 번쩍이며 말했다.

도적성이 잠시 무엇을 생각하는 듯 침묵하더니 가만히 고개
를 가로저었다.

"조금 더 지켜보자."

하지만 그럴 필요가 없어졌다.

"빌어먹을! 너희들은 여기서 꼼짝 말고 기다리고 있어!"

술잔을 부술 듯이 거칠게 내려놓은 장팔봉이 술병을 들고
벌떡 일어났던 것이다.

그러더니 다른 곳도 아닌 도적성의 탁자를 향해 곧장 다가
온다.

저벅저벅 걸어오는 그 걸음걸이에 힘이 넘쳐 나고 오기가
뚝뚝 떨어졌다.

그걸 본 도적성이 빙긋 웃었다.

탁!

탁자에 술병을 내려놓은 장팔봉이 술기운으로 붉어진 눈을
부릅떴다.

도적성과 두 중년의 사내를 훑듯이 몇 번이나 바라본다.

두 중년 사내의 얼굴에 불쾌하다는 기색이 떠올랐고, 살기
마저 은은히 감돌았지만 도적성은 태연하기만 했다.

장팔봉의 부리부리한 눈길을 빤히 마주 보며 여전히 의미가
있는 듯도 하고 없는 듯도 한 미소를 띠고 있다.

"나를 아쇼?"

'아쇼?'

'이런 찢어 죽일 놈이! 감히 천주님에게!'

두 중년 사내의 눈빛이 금방 살벌해졌다.

잡아먹을 듯 장팔봉을 노려본다.

하지만 천주가 가만히 있으니 어쩔 수가 없다.

"너는 나를 아느냐?"

도적성이 턱수염을 쓰다듬고 나서 느긋하게 대꾸했다. 장팔봉이 머리를 갸웃거린다.

"어디선가 본 것 같기도 하고… 혹시 당나무골의 염 선생 동생이나 형이 아니시오? 아닌가?"

"그 사람이 누군데?"

"사부님의 친구인데, 가끔 놀러와 마작을 두곤 하는 별 볼일 없는 양반이지. 그 양반과 닮은 것도 같단 말씀이야."

"네 사부의 함자를 들으면 나도 생각이 날지 모르겠다."

"왕필도."

간단하게 사부의 이름을 입에 올린다.

도적성이 머리를 갸웃거렸다.

제 머릿속에 들어 있는 강호의 고수들을 죄다 더듬어보는 건데, 아무리 떠올려 보아도 왕필도라는 이름은 들어 있지 않았다.

"모르겠구나."

"그럴 줄 알았지. 염병. 나도 실은 당나무골 염 선생을 모르거든."

장팔봉이 두 중년인 사이를 비집고 들어가 도적성과 마주 앉았다.

"그냥 한번 해본 소리니 신경 쓰지 마쇼. 자, 술이나 한잔하시려오?"

도적성이 살짝 눈살을 찌푸렸다.

'이놈이 나를 놀려?'

하지만 태연히 잔을 내민다.

콸콸 넘치도록 화주를 따라준 장팔봉이 어서 마시라고 눈으로 재촉했다.

독하기만 할 뿐 맛이라고는 없는 화주를 천천히 마시는 도적성을 두 중년인이 놀란 얼굴로 바라보았다.

그는 원래 미주가효가 아니면 쳐다보지도 않는 사람으로 유명했다. 그런데 이처럼 너저분하고 소란한 주루에서 맛없는 화주를 태연하게 마시고 있으니 제 눈이 의심스러워진 것이다.

'대체 천주님이 이토록이나 참고 있는 이유는 뭘까?'

'설마 이놈이 정말 신비의 고수란 말인가?'

그런 생각이 들지 않을 수 없다.

노인이 한 잔의 술을 다 마시는 걸 본 장팔봉이 껄껄 웃었다.

"그 술에는 사실 독이 들어 있소. 먹으면 황소도 뒈지지."

"뭐라고?"

"이런 죽일 놈이!"

그 말에 두 중년인이 자리를 박차고 일어섰다. 하지만 도적성은 태연했다.

"그렇다면 나 혼자 마실 수는 없지. 자, 너도 내 잔을 받아라."

빈 술잔을 장팔봉에게 건네준다.

장팔봉이 그것을 받았는데, 손이 노인의 손가락과 맞닿은 순간 쥐가 오른 것처럼 짜르르하고 뜨거운 느낌이 왈칵 밀려들었다.

'어라?'

깜짝 놀랐지만 장팔봉은 내색하지 않고 노인이 따라주는 화주를 단숨에 벌컥벌컥 들이켜 버렸다.

"독이 들어 있다면서 잘만 마시는구나?"

"이 빌어먹을 세상이 온통 독이잖아. 우리가 숨 쉬고 있는 이 공기도, 주고받는 말도, 바라보는 눈길도, 속마음도 모두 그래. 독 아닌 게 없지. 그래서 적응하지 못하는 놈들은 다 뒈져버려. 하지만 나는 벌써 오래전에 적응했거든. 아예 만독불침지신이 되었지."

"그래?"

"보아하니 당신은 나보다 더 잘 적응한 것 같은데? 그러니까 이렇게 늙도록 잘 살아 있는 게지."

"흘흘, 그럴지도 모르지. 그런데 정말 나에게 독주를 줄 생각이었느냐?"

"응."

"어째서? 우리는 서로 알지도 못하는 사이인데?"

"그냥, 기분이 나빴거든."

"단지 그것뿐이란 말이냐?"

어이가 없다.

이런 놈은 패천마련의 수많은 마두들 중에서도 찾아볼 수 없을 거라는 생각에 기가 막혔다.

껙, 하고 트림을 한 장팔봉이 태연하게 말했다.

"사람이 짐승을 죽일 때는 잡아먹겠다는 목적이라도 있지. 하지만 사람이 사람을 죽일 때는 다른 목적이나 이유가 있는 게 아니거든. 그냥 기분 나빠서 그러는 거야."

"어이없는 놈이로구나."

도적성이 혀를 찼다.

자신이 아무리 마두들의 우두머리이고 세상을 놀라게 한 마존이지만 기분 나빠서 그냥 누구를 죽이겠다는 생각은 해본 적이 없었던 것이다.

이건 정말 대책이 없는 악종이면서 대마두가 아닌가 하는 생각이 절로 들었다.

이런 놈이 어떻게 무림맹에 속해 있는 건지 이해가 되지 않기도 한다.

장팔봉의 지껄임이 그런 도적성의 면상에 척척 달라붙었다.

"원수를 만났지? 그럼 기분이 좋겠어? 나쁘겠지? 그러니까 죽이는 거야. 전쟁터에서 적을 만났지? 그럼 반갑겠어? 기분 나쁠 거 아냐. 그러니까 죽이는 거지. 술집에서 마련의 첩자 새끼를 봤다고 쳐. 기분이 좋겠어? 나쁘겠지? 그러니까 죽이는 거야. 안 그렇소?"

"……."

"우연히 죽었다고 알고 있던 친구를 만났다고 쳐. 그럼 기분 나쁘겠어? 환장하게 반갑고 좋겠지? 그러니까 안 죽이는 거야. 내 말이 틀렸소?"

"그렇다면 너는 나를 처음 보고 나도 그런데 어째서 나에게 기분이 나쁘단 말이냐? 나는 네 원수도 아니고 이곳은 전쟁터도 아닌데 말이다."

"느낌."

장팔봉이 주먹으로 제 가슴을 쿵쿵 두드렸다.

"이놈이 그렇다는 거야. 노인장이 아주 기분 나쁘대. 꼭 마련에서 나온 늙다리 첩자 같다는 걸? 정말 그렇수?"

"흘흘, 그놈 참……."

도적성이 주름진 얼굴을 활짝 펴고 웃었다. 실로 오랜만에 유쾌해지는 기분이었던 것이다.

엉뚱한 말을 지껄이고 엉뚱한 짓을 하는데, 그 속에 무언가 곰곰이 생각하게 하는 의미가 깃들어 있다.

가슴을 뜨끔하게 하기도 한다.

얼핏 보면 영락없이 버르장머리 없고 막돼먹은 놈이었다. 하지만 다시 생각해 보면 무언가 사람의 마음을 이끄는 묘한 매력 같은 게 있다.

그때 이층의 계단이 소란스러워졌다.

"싫다는데 왜 이래요?"

앙칼진 여자의 음성에 사람들의 눈길이 모두 그곳으로 쏠렸다.

"이년이! 시키면 시키는 대로 할 것이지 왜 앙탈이야!"

걸걸한 음성에 이어서 짝, 하고 뺨을 때리는 소리가 들린다.

"어라?"

그곳을 바라본 장팔봉이 눈을 부릅떴다.

한 시커멓게 생긴 장한이 이층의 계단에서 곱상하게 생긴 아가씨와 실랑이를 벌이고 있었다.

"쯧쯧, 저 개차반이 또 술에 취했구먼."

"모른 척해. 눈에 띄었다가는 괜히 얻어터진다."

아래층의 주객 대부분이 그 장한을 알아보았다.

우성현이 무림맹의 영향력 아래 있는 곳인지라 주루에 출입하는 사람 중 상당수는 무림맹의 무사들이거나 그곳에 속해 있는 권속들이었다.

그래서 늘 조용조용하고 차분했는데 오직 한 사람, 흑수노룡(黑手怒龍) 무병랑(武兵郞)은 예외였다.

그는 풍운당과 함께 무림맹의 최일선을 담당하고 있는 적호당(赤虎堂) 소속이었다.

다섯 개의 말단 조를 거느리는 기호분타(騎虎分舵)의 분타주이기도 하다.

평소에도 거칠기로 이름난 자인데, 술에 취하면 주사가 심했다. 누구도 말릴 수 없다.

닥치는 대로 두드려 부수지 않으면 아무나 가리지 않고 두들겨 패기 일쑤였다.

그렇지 않은 날은 반드시 여자를 찾는다.

오늘이 그런 날인 모양이었다.

주루의 가녀(歌女) 초앵이가 재수없게 걸린 것이다.

철금을 타는 노인이 새파랗게 질린 얼굴로 발을 동동 구르지만 무병랑의 포악함을 익히 아는지라 나서지도 못한다.

"이 어르신이 귀여워해 주겠다는데 불만이냐? 엉?"

철썩!

기어이 초앵이가 계단 위에 철퍼덕 쓰러졌다. 어깨를 들썩이며 서럽게 운다.

그런 초앵이의 가냘픈 손목을 움켜쥔 무병랑이 아랑곳하지 않고 소금 자루를 끌 듯이 그녀를 잡아끌었다.

우당탕거리며 계단 아래로 끌려 내려오는 초앵이의 비명 소리가 찢어지는 듯하다.

하지만 누구도 그녀를 돕기 위해 나서는 사람이 없었다.

무림맹 내에서의 신분으로도 실력으로도 이곳에서 무병랑보다 높은 자가 없기 때문이기도 하다.

"저런 개자식이!"

장팔봉이 자리를 박차고 일어났다.

탁자와 의자를 걷어차며 곧장 무병랑에게 다가간다.

"흠—"

그걸 바라보는 노인, 마환천주 도적성의 눈이 호기심으로 반짝였다.

"나 좀 봅시다."

대뜸 무병랑의 어깨를 움켜쥐는 손길이 우악스럽다.

돌아본 무병랑이 눈을 끔벅였다.

"뭐야? 너 풍운조장 장팔봉이 아니냐?"

"그렇소."

만취한 상태에서도 대뜸 알아본다.

그만큼 장팔봉의 존재는 이 일대에서 유명했던 것이다.

풍운조 하면 장팔봉을 떠올리고, 장팔봉을 떠올리면 그의 무용을 생각하게 된다.

그러면 누구나 엄지손가락을 추켜세웠다.

"시끄러우니까 좀 조용하게 해결합시다."

"이 새끼가, 눈에 뵈는 게 없나? 내가 누군지 몰라? 앙!"

무병랑이 핏발 선 눈을 부릅뜨고 떡메 같은 주먹을 들어 올렸다.

"잘못했소."

장팔봉이 던지듯 말하고 미련없이 돌아섰다.

어리둥절하던 무병랑이 그럼 그렇지 하는 얼굴로 흐흐, 웃었다. 그리고 다시 초앵이를 잡는데 그의 어깨에 척 걸쳐지는 손 하나가 있었다.

"또 어떤 새끼야!"

무병랑이 신경질적으로 돌아섰다.

히죽 웃고 있는 장팔봉의 얼굴이 코앞에 있다.

"그런데 다시 생각해 보니까 잘못은 지금 네가 하고 있는 것 같단 말이야?"

빠악!

면상에 무지막지한 주먹이 박혀 버린다.

"어흑!"

무병랑이 얼굴을 감싸 쥐고 비틀거릴 때, 연이은 주먹과 발길질이 소나기처럼 쏟아졌다.

퍽퍽 하는 소리에 섞여서 가끔씩 마른 박 쪼개지는 소리도 난다.

장팔봉은 사정을 두지 않았다.

후려치는 주먹에 어깨가 함께 돌아나가고, 허리가 그것을 이끈다.

걷어차는 발끝이 창처럼 굳세게 무병랑의 옆구리며 배를 쑤시고 박혔다.

그가 고통으로 몸을 웅크리면 번쩍 들어 올렸던 발뒤꿈치로 사정없이 뒤통수며 등짝을 내리찍어 버린다.

불과 두어 번 숨을 쉬는 사이에 거구의 무병랑이 패대기쳐진 개구리처럼 쭉 뻗어버렸다.

죽은 것 아닌가 싶은 걱정이 들 정도였다.

"다음에 또 이런 짓을 하면 그때는 목을 따버릴 테다. 명심해."

퉤, 하고 등짝에 침을 뱉어준 장팔봉이 돌아섰다.

"가가!"

초앵이 그의 옷소매를 붙들었다. 얼굴에 감격과 기쁨이 가득하다. 언제 울부짖었나 싶다.

배시시 눈웃음마저 흘린다.

우성현의 꽃이라고 불리는 그녀가 장팔봉의 팔에 찰싹 붙어 매달리며 코맹맹이 소리를 했다.

"장 가가, 정말 고마워요. 이 은혜는 제가······."

"놔."

"예?"

"나 지금 손님 접대 중이거든? 그러니까 좋은 말로 할 때 놔라."

"······."

툭 뿌리치고 성큼성큼 걸어가는 장팔봉의 뒤통수에 초앵이의 째려보는 눈길이 따갑게 달라붙었다.

"후환이 걱정되지 않느냐?"

"저 새끼 때문에 말이오?"

무병랑은 아직도 계단 아래에 쭉 뻗어 있었다. 날이 밝을 때까지 그럴 것 같다. 드르렁드르렁 코 고는 소리가 우렁차게 들리고 있었던 것이다.

"내일 아침에 깨어나면 뒤통수를 긁적이며 찾아올걸? 죽이지 않아서 고맙다며 술 한잔하러 가자고 할 인간이니 걱정 끄쇼."

"······."

도적성의 얼굴이 점점 딱딱하게 굳어갔다.

'이건 뭔가? 풍전등화의 위기에 몰려 있는 무림맹의 무리들이라고는 볼 수 없지 않은가?'

그런 생각이 들었던 것이다.

그러고 보니 우성현의 분위기 자체가 그랬다. 조용하고 엄숙한 중에 굳건한 기운이 살아 있었다.

잘 정제되었고, 군기가 엄정한 느낌이다.

그런 속에서도 조금 전과 같은 소란이 일어날 수 있다는 건 무림맹에 속한 무사들의 사기가 아직 팔팔하게 살아 있다는 증거이기도 했다.

'어려워. 이건 점점 어려워지겠어.'

외향적으로는 패천마련이 머릿수에 있어서나 보급 물자 등에 있어서 모두 우월했다. 그렇기에 여전히 공세적인 위치에 있다.

하지만 무림맹이 아직도 이처럼 활기를 띠고 있으니 심난했다.

지금쯤은 사기가 바닥에 떨어져 초상집 분위기 같을 것이라고 예상했기에 실망이 더 크다.

'이놈도 과연 만만하게 볼 놈이 아니야.'

장팔봉을 건너다보는 눈길에 그런 마음이 실렸다.

무공이야 그저 그렇다고 쳐도, 불같은 성격과 그것을 그대로 터뜨려 버리는 과감성은 남다른 것이었다.

게다가 주체할 수 없는 정의감을 숨기고 있으니 그건 마련에게 결코 좋은 일이 아니다.

누구나 장팔봉의 조금 전과 같은 모습을 본다면 강렬하다고 느끼리라. 절로 탄복하고 고개를 숙이게 될 것이다.

'게다가 자신감에서 오는 여유와 느물거림이 살아 있다. 감각 또한 곤충의 촉수처럼 예민하고 정확해. 흠—'

그 감각이 바로 장팔봉의 가장 큰 장점이면서 그를 무섭게 하는 무기라고 생각했다.

'이런 놈을 상대하려면 보통 수단으로는 안 되겠군.'

지금처럼 척후나 강습조를 보내는 것만으로는 결코 장팔봉을 제거할 수 없다는 걸 깨닫게 된다.

지금 죽여 버리면 깨끗할 것이다. 후환도 없다.

죽이고 떠나면 그만인 것이다.

도적성은 어떤 놈도 자신의 앞을 가로막지 못하리라고 믿었다.

사실이 그랬다. 우성현에는 마환천주의 상대가 될 만한 무림맹의 고수가 아무도 없는 것이다.

적어도 총단에서 전주나 장로 급 인물이 달려와야 할 텐데 그때쯤이면 도적성은 유유히 우성현을 벗어나고 없을 것이다.

'하지만 그건 내 얼굴에 침을 뱉는 짓이지.'

패천마련의 오천주 중 한 명인 자기가 고작 무림맹의 말단 조장 한 놈을 패 죽였다면 그 손이 불명예스러워지지 않겠는가.

자신을 호위하고 있는 두 사내를 시켜서 그렇게 해도 마찬가지다.

세상의 입들이 일제히 쩨쩨하고 속 좁아터진 도적성이라고 비난할 것이다.

그래서 도적성은 지금처럼 그냥 대범한 모습을 보여줄 수밖에 없었다.

"커흠."

헛기침을 한 도적성이 물끄러미 장팔봉을 바라보았다.

'뭐?'

장팔봉의 눈이 그렇게 묻는다.

"술 잘 얻어 마셨네."

"벌써 가시려고?"

"언제든 기회가 되면 그때는 내가 한잔 내지."

"그러시구려."

두 중년 사내가 무섭게 째려보지만 장팔봉은 개의치 않고 손을 내저었다. 파리를 쫓듯 한다.

도적성이 주루를 떠나자 그가 비로소 긴장한 얼굴을 하고 잔뜩 몸을 굳혔다.

"휴―"

긴 한숨을 내쉬고 의자 등받이에 털썩 기댄다.

마치 힘든 싸움을 하고 난 사람처럼 지쳐 있었다.

"제기랄, 마련의 늙은 이무기 한 마리를 상대하는 게 이렇게 힘들 줄이야."

아무리 생각해 봐도 그가 누구인지 알 수가 없다.

장팔봉이 고개를 갸우뚱하더니 다시 말했다.

"아니지. 잡혀 먹히지 않은 것만으로도 대단한 것 아닌가? 그렇지. 나는 과연 대단한 놈이야."

허공을 향해 중얼거리고 히죽히죽 웃는 것이 미친 놈 같았다.

*   *   *

다시 한 번의 매복과 정탐의 임무를 수행했다.

여전히 충원은 없었다.

풍운조는 이제 장팔봉과 이가춘, 왕소걸 세 명으로 굳어져 버린 것 같다.

"저놈이 이번에는 정말 살아서 돌아오지 못할 거야."

장팔봉이 그 두 명의 조원을 데리고 어슬렁거리며 풍운당을 떠나는 걸 보는 사람들은 누구나 그렇게 말하며 혀를 찼다.

하지만 장팔봉은 죽지 않았다. 두 명의 조원도 악착같이 살아서 돌아왔다.

그래서 사람들은 그들이 이제 불사귀가 되었다고 믿었다. 그리고 그때쯤 이변이 일어났다.

장팔봉의 풍운조가 세 번째 임무를 무사히 마치고 새벽이 되어 복귀했을 때다.

"어이구, 장한 내 새끼들! 고생 많았지?"

당주가 활짝 웃으며 달려나와 맞이했는데, 예전 같지 않아서 장팔봉은 어리둥절해지고 말았다.

"잘했어. 정말 잘해주었다."

'이 인간이 또 무슨 트집을 잡으려고…….'

"지난밤에 너의 풍운조가 세운 공은 막중해. 놈들의 야습을 너희들만으로 막아냈지. 그 덕분에 우리 본대가 무사할 수 있었다. 그리고 조금 전에 반격에 나섰다. 오후에는 놈들을 박살냈다는 승전보를 받을 수 있을 거야. 이게 다 너의 풍운조가 세운 공이다."

사설을 줄줄이 늘어놓으며 반색을 하는 게 더 수상쩍다.

'원래 이런 인간이 아닌데?'

무슨 꿍꿍이속을 가지고 있는 건지 더욱 경계심이 생긴다.

당주인 비호검 마득량이 그처럼 살갑게 구는 이유는 곧 드러났다.

"총단으로 가라."

"지금 뭐라고 했소?"

"총단으로 발령이 난 거야. 제기랄, 드디어 이 지긋지긋한 싸움터를 떠나게 된 거란 말이다. 그런데 그 얼굴은 대체 뭐야? 기쁘지 않냐?"

장팔봉이 제 뒤에 쭈뼛거리며 서 있는 두 명을 돌아보았다.

그동안 저만 믿고 그 지옥 같은 싸움터를 헤쳐 나온 놈들이 아닌가.

여섯 명이 와서 네 놈이 병신처럼 돼지고 저 둘만 살아남았다.

"그럼 나더러 풍운조를 떠나라는 거요?"

"쯧쯧, 말귀를 그렇게 못 알아듣느냐? 이제 풍운조 따위는 잊어버려."

"니미럴!"

장팔봉이 땅을 굴렀다.

"내 목숨과 언제나 함께했던 풍운조였소. 그동안 수많은 조원들이 죽어나갔지. 그들의 죽음과 희생으로 아직까지 사라지지 않고 남아 있는 풍운조란 말이요. 그런데 그걸 버리라고?"

"아니, 풍운조는 그대로야. 너만 꺼지는 거다."

"나만?"

"저놈에게 풍운조를 맡기겠다. 그동안 너를 따라다니며 잘 배웠을 테니 조장이 되기에 충분할 거야. 물론 조원도 새로 충원될 거다."

당주에게 지목을 받은 신참 이가춘이 얼떨떨해서 제 코를 가리킨다.

마득량이 고개를 끄덕이고 그 곁에 서 있는 왕소걸을 손가락질했다.

"저놈에게는 뇌신조를 맡기겠다. 이틀 전에 조장이 죽어서 지금 공석이거든."

그 정도면 사지에서 임무를 완수하고 살아 돌아온 충분한 보상이 될 것이다.

싱글벙글하는 두 신참을 바라보는 장팔봉은 영 마음이 편치 못했다.

'멍청한 놈들. 그게 미끼라는 걸 모르고 좋아하는 꼴이라니. 쯧쯧…….'

그런 속마음을 솔직하게 말할 수는 없다.

다가간 장팔봉이 두 놈의 어깨를 잡고 근엄하게 말했다.

"잘 들어둬. 어떤 상황에서도 살아남는 비결을 가르쳐 주겠다."

꿀꺽!

이가춘과 왕소걸이 잔뜩 긴장해서 마른침을 삼키며 눈에 힘을 주었다.

"언제나 내가 먼저 적을 봐야 하는 거다. 그러면 절대로 뒈지지 않아. 그러니 항상 눈을 크게 뜨고 사방을 두리번거려라. 나머지는 그동안 나를 따라다니면서 본 대로 하면 돼."

두 놈이, '에계, 겨우 그거야?' 하는 얼굴로 장팔봉을 빤히 바라보았다.

그러다가 그가 눈을 부라리자 부동자세를 취하고 버럭 소리쳤다.

"명심하겠습니다!"

*   *   *

승승장구라는 말이 무색할 지경이었다.

총단으로 옮겨갔던 장팔봉이 며칠 지나지 않아서 질풍단의 단주가 되었다는 소리가 들려왔다.

풍운당처럼 최일선에서 활약하는 전초부대는 아니었지만 나름대로 중요했는데, 이선을 지키는 임무를 맡고 있었으므로 인원도 풍운당보다 많았고 물자도 풍부했다.

장팔봉이 분타주도 거치지 않고 곧장 당주 급으로 격상했다는 소식을 들은 사람들은 모두 놀라는 한편 머리를 끄덕였다.

"진작 그렇게 되었어야 해. 그동안 그놈이 세운 공이 어디 한두 가지야?"

"그래도 아직 맹의 수뇌부가 살아 있긴 하군. 장팔봉이를 즉각 단주에 기용한 걸 보면 말이야. 아직 희망이 있어."

"자, 자, 열심히들 싸우자고. 우리에게도 희망이 있다는 게 증명되었잖아."

하지만 그들의 그런 말은 다시 며칠이 지난 뒤에 쑥 들어가고 말았다.

"어떻게 된 거야?"

"수뇌부가 산 줄 알았더니 그게 아니었나 본데?"

"하긴, 뭐… 세상이 온통 미쳐 돌아가는데 그들이라고 온전한 정신 상태겠어?"

장팔봉이 다시 총단으로 옮겨가 이번에는 정의전주(正義殿主)가 되었다는 것이다.

그 소식을 들은 사람들은 그게 있을 수 있는 일이냐며 일제히 빈정거렸다.

장팔봉의 공이야 인정하지만 며칠 새에 그가 총단을 수호하는 정의전의 전주 자리에 올랐다는 건 누구도 인정할 수 없는 일이었다.

무림맹에는 여덟 개의 전이 있는데, 그 수장인 전주들은 모두 강호의 원로 명숙들이었다.

천하를 오시할 만한 절정고수들이다.

그들 속에 장팔봉이 끼었다니 어이가 없기도 했다.

하지만 그것도 며칠에 지나지 않았다.

이번에는 그가 무림맹의 모든 비밀과 첩보를 담당하는 풍향사(風向社)의 군주가 되었다는 믿지 못할 소식이 은밀히 떠돌

왔다.

드디어 맹주가 미친 모양이라고 다들 수군댔지만 며칠 전처럼 대놓고 비아냥거리지는 못했다.

풍향사의 군주를 결정하는 건 맹주의 고유 권한이었기 때문이다.

그 일을 두고 비아냥거린다는 건 곧 맹주를 비웃는 것과 같다. 참수당할 중죄인 것이다.

장팔봉 본인도 어이가 없기는 마찬가지였다.

처음 총단에 불려와 질풍단의 단주 직을 받았을 때는 그저 조금 놀랐을 뿐이다.

기쁘기는 했지만 즐겁지는 않았다.

무덤덤한 얼굴로 집무실의 푹신한 의자에 앉아 며칠 지냈다.

지겨워졌다.

풍운당 소속 말단 조장으로 있을 때와 비교하면 질풍단의 단주로서의 생활은 그야말로 심심하기 짝이 없었던 것이다.

피 말리는 전쟁터에 대한 그리움이 솟구쳐 견디기 힘들었다.

그래서 다시 풍운조장으로 돌아가겠다고 한차례 떼를 썼더니 뜬금없이 정의전주 자리가 떨어졌다.

"이것들이 지금 나를 놀리는 거 맞지?"

사령장을 받아 든 장팔봉은 어이가 없었다.

"좋아. 어디까지 얼마나 놀리는지 두고 보자."

오기가 생겼다.

주먹을 불끈 쥐고 정의전주의 자리로 뚜벅뚜벅 걸어나갔다.

그리고 업무를 파악하기도 전에 다시 자리를 옮겼다.

"뭐시라? 풍향사의 군주라고?"

장팔봉은 기가 막혀서 더 이상 말을 하지 못했다.

그 자리는 대대로 맹주의 최측근이 붙박이로 꿰차는 자리였다.

수시로 맹주와 면담할 수 있고, 팔전의 전주들보다 한 단계 위의 보직이면서, 마음먹기에 따라서는 장로들마저 우습게 여길 수 있는 기막힌 자리인 것이다.

하지만 그는 아직 신임 맹주의 얼굴 한 번 보지 못했고, 맹주와 실낱같은 연줄도 없었다.

"미친 게야. 신임 맹주라는 위인이 제정신이 아닌 게야. 쯧쯧쯧, 내가 이거 여기 계속 붙어 있어야 하는 건가 몰라?"

부임하여 넓은 집무실에 들어선 그가 풍향사의 군주로서 중얼거린 최초의 말이었다.

하는 일이 뭔지 알 수 없는, 생전처음 보는 자들이 수시로 들락거리며 온갖 것들을 보고했지만 그중 장팔봉이 알아들을 수 있는 말은 없었다.

그의 책상 위에는 결재 서류가 산처럼 쌓여만 갔다. 그러나 장팔봉은 거들떠보지도 않았다.

거들떠본들 뭘 어떻게 처리해야 하는 건지 알 리도 없다.

그래서 그가 하는 일이라고는 의자에 푹 파묻혀 종일 코를 골아대거나, 무료하면 뜰에 나가 허공을 상대로 주먹질, 발길질을 해대는 것이었다.

온몸이 땀에 흠뻑 젖어야 비로소 만족하고 돌아와 다시 코 를 곤다.

무림맹의 업무가 제대로 돌아갈 리 없었다.

그러나 맹주는 무슨 생각인지 조금도 상관하지 않았고, 장 로들마저 입을 꾹 다물었다.

그러니 무림맹의 실무를 책임지고 있는 팔전의 전주들만 속 이 탔다.

장팔봉에게 그건 남의 일이었다. 그들의 속이 타거나 말거 나, 무림맹이 가라앉거나 말거나 이제는 상관없다고 생각했다.

"사문의 명예를 되찾을 숭고한 사명과 기회를 너에게 주노라."

사부의 그 말이 아니었더라면 처음부터 무림맹에 발을 들이 지도 않았을 것이다.

망해 버린 삼류 문파를 계승하고 있으면서도 사부는 당신의 사문이 정파 무림의 한구석에 자리해 있다는 것만으로도 행복 해하던 순진한 사람이었다.

패천마련이 발호하자 사문의 명예를 되찾을 때는 이때라며 노구를 이끌고 무림맹에 들어가려고 했다.

그런 사부를 가로막을 수 있는 사람은 이 넓은 천하에 장팔 봉 한 사람뿐이었다.

유일한 제자였으니까.

사부가 노구를 이끌고 무림맹에 가봐야 어차피 허드렛일밖에는 하지 못할 텐데, 그런 꼴을 보고 있을 수는 없지 않은가.

그래서 '제가 가지요' 하고 호기롭게 소리쳤는데, 그 말이 떨어지기가 무섭게 사부가 사문의 명예니 숭고한 사명이니 하는 엄숙한 말로 등을 떠밀었던 것이다.

그리고 오늘에 이르렀다.

사부가 지금의 제 모습을 본다면 드디어 사문의 명예를 되찾았다며 감격의 눈물을 펑펑 내쏟을 것이다.

자기 제자가 대무림맹에 들어갔다는 것만으로도 대단한 일인데, 가서 잡부가 아니라 어엿한 무사가 되었으니 어깨춤을 덩실덩실 출 만했다.

그런데 거기서 멈추지 않고 승승장구하더니 풍향사의 군주가 되지 않았는가.

그것도 아직까지 무림맹의 역사에 없었고, 앞으로도 다시는 없을 최단 시간의 기록이다.

사부는 역시 내가 사람 보는 눈이 있었다며 감격의 눈물을 흘리고 있을 게 뻔했다.

내 제자야말로 천하제일의 기재라고 동네방네 떠들고 다닐 것이다.

하지만 지금 장팔봉에게는 이 모두가 개똥 같은 짓이었다.

'대체 이것들이 나를 언제까지 희롱하는지 두고 보자.'

이런 오기가 아니었다면 벌써 때려치우고 사부 곁으로 돌아갔을 것이다.

팔다리 하나를 떼어달라면 눈 꾹 감고 떼어줄 수는 있어도 놀림감이 되고서는 참을 수 없다는 게 장팔봉의 평소 신념이었다.

만약 무림맹주가 저를 가지고 노는 거라면 맹주고 뭐고 가리지 않고 들이받아 버릴 작정을 하고 이를 빠드득 갈았다.

그러던 참에 맹주가 자신의 거처이자 집무전인 호천각(護天閣)에서 기다리고 있다는 전갈이 왔다.

꿈같은 일이지만 장팔봉은 기뻐 날뛰지 않았다.

그만한 자리에 오르고 보니 저도 모르게 관록이라는 게 붙고, 느긋하고 오만한 후광을 두르게 된 건지도 모른다.

하지만 장팔봉에게는 그런 일도 모두 개똥일 뿐이었다.

"어디 그럼 맹주가 대체 어떻게 생겨먹은 위인인지 얼굴이나 한번 볼까?"

그게 장팔봉의 불경한 본심이었다.

그가 저를 희롱하고 있다는 생각 때문이다.

높은 자리에 있는 놈들은 사람을 희롱해도 참 야릇한 방법으로 하는 모양이라고 생각한다.

그렇다면 아무리 맹주라고 해도 따끔하게 일침을 가해주지 않을 수 없다.

"사나이는 말이다, 칼보다 자존심이 더 강해야 하는 법이다. 자고로 실력은 좀 달리더라도 자존심을 지키다 죽으면 영웅, 호한 소리를 듣지만, 제 칼 솜씨만 믿고 까불다가 돼지면 병신 소리밖에는 들을 게 없는 법이야. 명심해야 하느니라. 커흠."

사부의 그 말씀이 백번 옳다고 굳게 믿는 장팔봉이었다.

사부가 제대로 가르쳐 줄 실력이 없어서 변명 삼아 한 말이라고는 단 한 번도 생각해 본 적이 없다.

장팔봉에게 사부의 말은 한마디도 흘려들을 게 없는 진리이고 길인 것이다.

그가 무림맹에 들어가겠다고 하자 사부가 장하다며 금과옥조 같은 말씀을 하사하셨는데, 아무리 살벌한 싸움터에서도 반드시 살아남을 수 있는 비결이라는 것이었다.

"살고 싶지? 그러면 언제, 어떤 상황에서라도 당황하지 말고 내가 먼저 적을 볼 수 있으면 돼. 먼저 보는 놈이 무조건 이긴다."

장팔봉은 풍운조에 배속받은 뒤부터 그 말을 자신의 좌우명으로 삼았고, 그대로 행하기 위해 부단히 노력했다.

그 결과 지금 이렇게 맹주의 호출을 받는 위치에까지 이르렀으니 과연 내가 사부 하나는 잘 만났다는 생각이 들었다.

第四章

네가 해줄래?

鳳鳴刀
봉명도

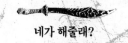

네가 해줄래?

그그그긍—

육중한 소리를 내며 등 뒤에서 철문이 다시 닫혔다.

이제는 맹주가 허락하지 않는 이상 나갈 방법이 없다.

'제기랄.'

장팔봉은 은근히 켕기는 심정이 되어서 맹주의 눈치를 보았다.

저 앞쪽, 높은 단 위에 앉아 있는 그가 환하게 미소를 짓고 있는 게 어슴푸레하게 보였다. 친근한 얼굴이다.

'기죽을 것 없다. 기죽어서는 안 된다. 단단히 따지겠다고 잔뜩 벼르고 오지 않았는가. 자존심을 지키자.'

'염병할' 을 덧붙이며 장팔봉은 아플 만큼 아랫배에 힘을 주었다.

애써 태연을 가장하며 다가간다.

저벅저벅—

제 발소리에 제가 흠칫흠칫 놀라 절로 눈이 커졌다. 부릅뜨고 있는 것처럼 보였으리라.

육중한 철문보다 더 무겁게 정수리를 눌러오는 이 기도는 대체 뭐란 말인가.

과연 무림맹주는 보통 사람과 다르다는 생각이 들 수밖에 없었다.

그는 아무 말 없이 친근한 미소를 띠고 바라볼 뿐인데도 이렇게 기가 죽고 오금이 저려오지 않는가.

우뚝.

맹주가 앉아 있는 높은 단 아래 장팔봉이 멈추어 섰다.

자신을 향하고 있는 맹주의 눈에서 눈을 뗄 수가 없었다.

단단히 얼어붙어 버린 것이다.

'이건 역시 대단한 놈 아닌가. 흠—'

남천검왕 사자성은 장팔봉이 말로 듣던 것보다 훨씬 대단한 자라는 걸 인정했다.

자신의 앞에서 조금도 위축되지 않고 오히려 저렇게 눈을 부릅뜬 채 노려보고 있으니, 저와 같은 기세는 늙고 노련한 장로들에게서도 찾아볼 수 없는 것이었다.

'늙은 생강이 맵다더니 역시 장로들이 사람을 고르는 안목

이 있어.'

한사코 싫다고 하는 제 등을 떠밀어서 억지로 맹주 자리에 앉힌 장로들에 대한 미움이 한순간에 사라졌다.

흐뭇한 마음으로 장팔봉을 내려다보던 맹주가 한껏 위엄을 실은 음성으로 말했다.

"삼절문(三絶門)의 계승자라지?"

"그렇소."

'그렇소?'

말투가 귀에 거슬린다.

잠깐 눈썹을 꿈틀거렸던 맹주였지만 이내 생각을 달리했다.

'역시 배짱이 대단한 놈 아닌가. 믿음직해.'

그게 장팔봉의 습관화된 말투라는 걸 알 리가 없는 것이다.

무식하고 막돼먹은 탓이라는 것도 알지 못한다.

패천마련을 상대로 한 거친 싸움터에서 아귀처럼 살아온 이력이라고 이해했다.

그래서 더욱 듬직해 보였다.

'저런 자를 여태까지 풍운조의 조장으로 부렸다니. 쯧쯧… 호랑이로 겨우 토끼 사냥이나 하고 있었던 셈 아닌가.'

잠깐 그런 후회를 한 맹주가 더욱 근엄한 얼굴로 말했다.

"각설하고, 너에게 장차 도탄에 빠져 있는 무림맹을 구할 수 있는 기회를 준다면 어떻게 하겠느냐?"

"예?"

"강호의 대정지기를 수호하는 수호자가 되라면 어떻게 하겠느냐?"

"……!"

그거야 사부에게서 귀에 딱지가 앉을 지경으로 듣던 말이다.

사부는, '모름지기 남자로 태어났으면 이 땅에서 악을 멸하고 정의를 지키는 데 내 한 목숨 바쳐야 하며, 칼을 들었으면 온갖 비겁을 일도양단하고 협의를 드높이는 걸 사명으로 삼아야 하느니라' 라고 늘 말했다.

그게 사나이의 자존심을 지키는 일이라는 것이다.

마주 앉아 밥을 먹을 때마다 했던 똑같은 말이다.

그 말이 아주 지겨워 죽을 지경이었는데 이처럼 무림맹주의 입에서 들으니 전혀 새로운 느낌이 든다.

"네가 그 일을 해주겠느냐?"

"……!"

바로 이거라는 생각이 번갯불처럼 번쩍 뇌리를 스쳤다.

'빌어먹을. 하는 일 없는 돼지를 배불리 먹여주고 피둥피둥 살이 찌게 돌봐주는 이유는 오직 잡아먹기 위해서라더니, 딱 그 말이 맞는군.'

지난 며칠 동안 일자무식인 저를 초고속 승진시켜 주고 호의호식하게 해준 건 역시 바라는 게 있어서였다.

맹주 사자성이 이글거리는 눈으로 장팔봉을 지그시 바라보았다.

'저놈, 망설이는군. 하긴, 선뜻 결정할 수 있는 사안이 아

니지.'

하지만 물러설 수 없는 그가 회심의 한마디를 던졌다.

"삼절문이라면 이름도 제대로 알려지지 않은 문파지?"

"뭐, 그렇죠."

"……"

발끈할 줄 알았는데 대뜸 돌아오는 대꾸가 너무 시큰둥하다.

'이놈이 나의 격장지계를 눈치 챘나?'

순간 당황하지 않을 수 없다.

'그렇다고 물러설 수야 없지.'

작정한 맹주가 빙긋 웃었다.

"삼절문같이 이름도 없는 문파에서 자네처럼 걸출한 인물이 나왔다는 건 기적 같은 일이지. 쓰레기 더미에서 장미꽃이 피고 개천에서 용이 난다더니 과연 그렇다는 생각을 하지 않을 수 없구나."

'응?'

장팔봉이 아주 살짝 미간을 찌푸렸다.

칭찬 같기도 하면서 비웃는 것 같기도 해서 아리송했던 것이다.

그가 맹주의 말뜻을 파악하는 데는 많은 시간이 걸릴 것이다.

살짝 미간을 찌푸린 채 곰곰이 생각하는 장팔봉을 보면서 맹주는 다시 한 번 탄복했다. 자신의 비아냥거림에도 끄덕하지 않았기 때문이다.

'저놈이 참을성도 대단하구나. 제 속내를 드러내지 않는 심계도 훌륭해. 과연 인중용이야.'

내친걸음이다. 계속해야 한다.

"자네는 그런 훌륭한 인재이니 당연히 사문의 이름을 드높일 수 있겠지. 자네 사부가 아주 기뻐하실 걸세."

슬쩍 한 걸음 물러서며 사부를 들먹였더니 즉각 반응이 왔다.

"지금도 충분히 기뻐하실 거요."

"하지만 자네가 정파 무림의 위기를 구해내고 불세출의 영웅이 된다면 더욱 기뻐하시겠지. 세상 사람들이 삼절문의 위대함을 칭송할 게야."

장팔봉에게 있어서 그건 상상만 해도 신나는 일이 아닐 수 없었다.

자존심을 한껏 살리는 일이면서, 귀에 못이 박힌 정의니 협의지심이니 하는 걸 제대로 실천해 보이는 일이지 않은가.

그러면 사부는 밥상머리에서 다시는 그 소리를 하지 않을 것이다.

장팔봉에게는 그게 불세출의 영웅이 되는 것보다 더 기쁜 일이었다.

"그 일을 네가 해주었으면 좋겠다."

"좋시다."

'좋시다?'

말투는 여전히 마음에 들지 않는다.

하지만 사자성은 애써 그것마저 '저놈이 겁없는 전사가 틀림없어. 이 일에 제격인 놈이야' 하고 좋게 생각했다.

"너도 알다시피 전대 맹주께서 패천마련에 납치당하는 치욕스런 일이 발생하고 말았다. 그래서 내가 맹주의 자리에 앉았지만 나의 힘으로는 전대 맹주의 일을 대신할 수가 없구나. 내 그릇이 부족한 때문이지."

"그럴지도 모르지요. 하지만 잘하고 있소이다."

'뭐시라? 그럴지도 몰라? 이, 이─'

장팔봉으로서는 진심으로 위로한답시고 던진 말이었다. 달리 마땅한 말을 찾을 수 없었거니와 그럴 능력도 되지 못하기 때문이다.

원래가 사교적이지 못한 인물이고, 따라서 사교적인 어휘가 풍부하지 못한 위인인 것이다.

끙, 하고 눌러 참은 맹주 사자성이 다시 말했다.

"지금으로서는 패천마련의 공세에 얼마나 더 버틸 수 있을지 알 수 없다. 겨우 절강과 복건 지역을 지키고 있을 뿐이니 참으로 안타까운 일이다."

"그건 그렇소이다."

"내 대에서 무림맹의 위세가 볼품없어지고, 더 나쁘게는 패천마련에 먹혀서 사라져 버리는 걸 원치 않는다."

"나도 마도의 개새끼들이 강호를 독차지하는 건 싫소. 대의가 사라지고 협의지심이 사라질 것이며, 무엇보다 사나이 자존심이 짓밟히는 일이거든."

"오호, 과연 너는 영웅의 기상을 지니고 있는 호한이로다."

사자성이 진심으로 감탄하여 크게 머리를 끄덕였다.

'이놈이 그래도 제 사부에게서 무사로서의 정신만은 제대로 배웠군. 기특한 놈이야.'

그런 마음으로 조금 전까지의 무례함에 대한 불쾌감은 싹 씻어버렸다.

"지금으로서는 맹주를 구해오는 것만이 최상인데… 그건 불가능하겠지?"

"지금 나에게 한 말이오?"

"그냥 그렇다는 거다. 그래서……."

왠지 무시당하고 있는 것 같아 기분이 조금 나빠진 장팔봉이 퉁명스럽게 말했다.

"맹주도 바쁜 양반이고 나도 알고 보면 바쁜 사람이니까 사설은 빼고 그냥 본론만 얘기합시다."

장팔봉은 어서 이 기분 나쁜 곳을 떠나고 싶었던 것이다.

하지만 사자성이 받은 느낌은 달랐다.

'저놈이 호걸답게 화통한 면도 있군. 암, 호한이라면 자고로 그래야지. 미적거리는 자들처럼 얄미운 놈들이 없거든.'

"커흠, 좋다. 네가 패천마련의 뇌옥에 들어가 줬으면 좋겠다."

"뭐라고요?"

그건 장팔봉에게 너무나 뜻밖의 말이었다. 제 귀를 의심한다.

"나에게 지금 패천마련 놈들에게 잡혀가서 뇌옥 구경이나 하라고 하신 거요?"

"그래주기를 바란다."

"어째서?"

"거기에 맹주가 갇혀 있을 테니까."

"그럼 구해오라는 거요?"

"아니. 그건 불가능한 일이야. 네가 더 잘 알 텐데?"

'뭐야, 나를 무시하는 거 아냐?'

맹주의 말은 진심이었지만 장팔봉은 그렇게 받아들였다.

불끈 오기가 솟구쳤다.

'자존심!'

"만약 내가 맹주를 구해오면 어떻게 하실 거요?"

"네가? 허허허, 그 뜻은 가상하다만 무리할 것 없느니라. 그러다가 실패하면 너도 죽을 뿐 아니라 애꿎은 맹주의 목숨마저 위태로워질 테니까."

장팔봉은 하긴 그렇다고 생각했다. 앞뒤 생각없이 나설 일이 아닌 것이다.

"그럼 대체 내가 뭘 해주기를 원하는 거요?"

"뇌옥에 들어가거든 은밀히 맹주와 접선해라. 무슨 일이 있어도 그렇게 해야 한다."

"결론은?"

"맹주의 절세신공인 유천신공을 얻어오면 좋겠지. 하지만……"

"왜? 내 자질이 부족할 것 같소?"

'눈치도 빠른 놈이군. 아둔한 것 같지만 또 어찌 보면 지독히 영악한 놈이야. 다루기가 쉽지 않겠어.'

쓴웃음을 지은 사자성이 달래듯 말했다.

"그런 건 아니고, 그걸 배우려면 시간이 많이 걸리지 않겠느냐? 지금 무림맹이 풍전등화요, 누란지세의 처지인데 그럴 만한 시간이 없다는 거지."

'풍전등화? 누란지세? 대체 그게 뭐지?'

알 수 없는 말이 나왔을 때는 그저 무시하는 게 제일이라는 걸 장팔봉은 그동안의 제 경험을 통해서 충분히 숙지하고 있었다.

맹주의 그 말을 싹 무시하고 제가 하고 싶은 말을 했다.

"하긴 그렇기도 하군요. 지금 같아서는 어디 단 열흘인들 이 무림맹이 버틸 수 있을지 모르겠소이다. 무언가 특단의 대책을 세우지 않고서는 힘들어. 암, 그렇고말고. 특단의 대책이 필요하단 말씀이야."

제법 심각하게 머리마저 주억거리며 중얼거린다.

"네가 생각하고 있는 특단의 대책이라도 있느냐?"

"자객을 보내서 패천마련의 거령신마(巨靈神魔)라나 뭐라나 하는 그자를 죽여 버리는 거요."

사자성이 피식 웃었다.

"그것보다는 우리도 패천마련의 마종인 그 거령신마를 납치해 오는 건 어떻겠느냐?"

"그건 불가능할 거외다."

"어째서?"

"그 정도 되는 거마라면 자존심도 무지 셀 텐데 납치당하겠소? 그런 상황에 내몰리면 차라리 자결을 해버리고 말 테지. 자존심 문제니까."

"그렇다면 전대 맹주께서는 그 자존심이 없어서 패천마련에 납치당했다는 거냐?"

"어? 아니, 내 말은 뭐 꼭 그렇다는 게 아니라……."

장팔봉은 비로소 제가 말실수를 했다는 걸 깨달았다. 진땀이 났다. 수습하지 않으면 안 된다.

한동안 맹주의 싸늘한 눈길 앞에서 우물쭈물하던 그가 겨우 한마디 했다.

"뭔가 사정이 있었겠지요."

*　　　*　　　*

천하에는 수많은 보물이 있는데, 그중 강호의 무리가 가장 탐내는 보물은 딱 세 가지였다.

한 자루의 칼과 한 명의 절세미녀, 그리고 한 알의 영단이다.

그 세 가지 중 한 자루의 칼이 으뜸으로 꼽히는 건 사연이 있기 때문이었다.

봉명도(鳳鳴刀).

보도(寶刀) 중의 보도로 알려진 그 칼은 그 자체로서 둘도 없
는 보물이지만, 더 큰 가치는 그것에 감추어져 있는 비밀에 있
었다.

봉명도에는 봉명삼절도법(鳳鳴三絶刀法)의 구결과 심법, 검
초 도해가 숨겨져 있다는 것이다.

누구든 그것을 얻기만 해도 칼의 위력을 빌어 절세의 고수
가 될 수 있을뿐더러, 그 안의 비밀을 밝혀내 봉명삼절도를 익
힌다면 그 즉시 천하제일의 고수가 된다고 한다.

어떤 사람은 그 봉명삼절도법이 지극히 패도적인 도법이라
했고, 어떤 사람은 지극히 정밀한 도법이라고 했으며, 사람의
혼백을 사로잡는 사악한 도법이라고 말하는 자도 있었다.

아직 누구도 봉명도를 구경해 보지 못했고, 그 안이 비밀에
접근해 본 자가 없으니 온갖 말이 떠돌았던 것이다.

그 봉명도는 누군가 지어낸 환상일 뿐이라고 믿는 자들도
적지 않았다.

하지만 두 번째 기보로 꼽히는 한 명의 절세미녀는 실존하
고 있는 인물이므로 거짓이나 환상이 아니었다.

삼선밀교(三仙蜜嬌) 진소소(秦素昭).

그녀는 단지 타고난 경국지색의 미모만으로 보물이 된 게

아니었다.

그녀를 얻는 자 곧 천하를 얻으리라는 말이 정설이 되었을 만큼 지니고 있는 재주와 능력이 세상의 모든 여자 중 으뜸이었던 것이다.

학식은 삼교구류를 꿰뚫었고, 무공은 무산과 곤륜, 아미 삼선의 진전을 물려받아 측량이 불가했다.

하지만 그것만으로는 두 번째 보물로 꼽히기에 부족한 면이 있었는데, 그걸 채워준 게 바로 그녀의 재력(財力)이었다.

그녀는 중원에서 가장 거대하다는 천화상단(天華商團)의 소유주였던 것이다.

물론 제 아비로부터 물려받은 것이기는 하지만 아가씨의 몸으로 그것을 탈 없이 이끌어가고 있다는 것 자체가 경이로운 일이었다.

이십대 중반의 나이에 그처럼 대단한 존재가 되었으니 그녀, 삼선밀교 진소소는 가히 천하의 모든 남자들이 꿈에서도 선망하는 대상이 되기에 충분하고도 남았다.

게다가 덤으로 붙어 있는 또 한 가지 그녀만의 신비가 있었다.

바로 그녀의 체질이 천지음화지체(天地陰化之體)라는 것이다.

그녀를 마누라로 삼아서 음양교접을 할 때마다 남자의 내공이 절로 증진된다고 했다.

그녀의 음기가 양기를 북돋아줄뿐더러, 남자의 몸 안으로 흘러들어 음양의 조화를 이루게 해주기 때문이다.

십 년만 함께 붙어산다면 저절로 삼화취정, 오기조원의 경지에 오르게 될 것이다.

그것도 애써서 힘들게 운기행공할 필요가 없지 않은가.

밤마다 천하제일의 미녀를 품고서 지극한 쾌락과 열락을 맛보는 중에 절로 그렇게 될 것이니 무공을 익힌 남자들로서는 듣기만 해도 환장할 노릇이 아닐 수 없었다.

그래서 두 번째 보물이다.

천령호심단(天靈護心丹).

세 번째 보물인 그것은 천하에 하나뿐인 영단이고 선약이지만 삼선밀교 진소소로 인해 빛을 잃은 셈이었다. 그렇지 않으면 그것이 두 번째 보물로 꼽혔을 것이다.

그것은 도교의 일맥이면서 신비하기로 으뜸인 나부문(羅府門)에서 그들의 모든 비방을 집대성해 만들어낸 영단이었다.

커다란 알밤만 하다고 한다.

냄새만 맡아도 만독을 해독할 수 있으며, 쌀알만큼만 떼어 먹어도 당장 십 년의 내공을 얻을 수 있다는 말이 전해지고 있었다.

그것을 널름 통째로 삼켜 버리면 그 즉시 환골탈태하는 건 물론, 늙은이는 반로환동하고 불로장생하게 된다고 했다.

원하기만 하면 그 자리에서 바로 우화등선한다는 영약 중의 영약인 것이다.

하지만 세 번째의 자리를 차지할 수밖에 없었다.

*   *   *

"봉명도가 감추어진 곳을 맹주가 알고 있다."

"예? 아니, 그런 물건이 있다는 게 사실이었단 말이오?"

장팔봉이 눈을 휘둥그레 떴다.

그도 귀가 있는지라 천하삼보에 대한 소문은 익히 들었지만 하나도 믿지 않았다.

역시 귀에 못이 박히도록 들어온 사부의 훈육 덕분인데, 사부는 마주 앉아 차를 마실 때마다 말했다.

"보물 따위는 다 헛것인 거야. 그걸 쫓다 보면 평생 비럭질이나 해서 먹고사는 한심한 인간밖에는 될 게 없다. 그러니 스스로 열심히 노력해서 사는 게 떳떳하고 자존심을 지키는 길이다. 사나이는 자고로 자존심 빼면 시체인 거야. 커흠."

밥 먹을 때와 차 마실 때마다 들었던 말에 하나의 공통점이 있었으니, 바로 '자존심'이라는 단어였다.

그래서 장팔봉은 자존심이야말로 사나이가 가져야 하고 지켜야 하는 유일한 보물이라고 굳게 믿고 있었다.

그런데 그 봉명도가 실재한다니 그런 믿음이 흔들리려고

한다.

맹주, 남천검왕 사자성이 음성을 낮추어 말했다.

"지금 무림맹 내에서의 너의 지위는 나 다음이라고 해도 과언이 아니다. 그러니 네가 슬쩍 잡혀주기만 하면 패천마련에서는 춤을 추며 기뻐할 게 틀림없지. 절대로 너를 죽이지 않을테니 그 점은 안심해도 된다."

'염병, 그래서 나를 그렇게 초고속으로 승진시킨 거였구먼.'

비로소 그 까닭을 확연히 알았다.

하지만 이제는 무를 수도 없었다. 이미 장팔봉이라는 놈이 무림맹 풍향사의 군주가 되었다고 만천하에 소문이 났을 테니까.

어쨌든 죽지는 않을 거라니 그 점은 안심이 된다.

"너를 고문하겠지. 하지만 그 정도의 고통은 겪어야 영웅, 호한 소리를 들을 수 있지 않겠느냐? 그런 다음에 그들은 너를 뇌옥에 가두어둘 것이다. 그러면 기회를 잡을 수 있게 되겠지."

"그 안에서 전대 맹주를 찾으라는 거요?"

"찾기만 해서는 안 된다. 반드시 맹주를 만나 이런 사정을 전해드리고, 봉명도가 숨겨져 있는 곳의 위치를 알아와야 한다."

"그러면 무림맹에서 그것을 찾아 그 안에 들어 있다는 비밀을 풀 셈이군요?"

"그렇지. 그렇게 해야만 패천마련을 무찌르고 무림맹을 이 풍전등화와 누란지세의 위기에서 구할 수 있게 되느니라."

"그러면 그 봉명삼절도법은 누가 익히게 되는 거요? 설마 나는 아닐 테고……."

예리한 그의 질문에 맹주가 난처한 기색으로 우물쭈물했다.

"커흠, 그러니까… 그걸 익히려면 최소한 내공의 화후가 삼화취정의 경지에는 들어 있어야 하고, 무공에 대한 깨달음도 높은 수준에 올라 있어야 할 텐데… 무림맹 내에서도 그런 사람은 드물지. 하지만 나라면… 커흠."

'니미럴, 그러니까 결국 저를 위해서 나더러 죽을 고생을 해라 이거 아냐?

하지만 여기서 못하겠다고 하면 겁먹었다고 비웃을 것 아닌가.

그건 자존심이 상하는 일이다.

지난 보름 동안 많은 혜택을 누렸고, 사부를 기쁘게도 해드렸으니 맹주에게 신세를 진 거라고도 할 수 있었다.

사나이라면 물 한 그릇의 신세를 졌으면 내 피 한 됫박으로 갚아주어야 하는 거다.

그렇게 할 자신이 없으면 어찌 신세를 질 것인가.

그게 자존심이라는 거라고 생각했다.

"좋시다!"

'좋시다?

여전히 마음에 들지 않는 말투다. 하지만 어쨌든 하겠다는 의사 표시 아닌가.

사자성이 환하게 웃었다.

"좋아, 역시 너는 사내로구나. 내가 사람을 잘 봤어. 네가 반드시 해낼 것이라고 굳게 믿는다."

지그시 장팔봉을 바라보던 그가 신중한 얼굴로 물었다.

"그래, 계획이라도 있느냐?"

"패천마련의 뇌옥에 걸어 들어갈 계획 말이오?"

"없다면 이쪽에서 마련해 줄 수도 있다. 이미 준비되어 있기도 하고."

"그 정도는 스스로 알아서 해야지. 그런 것까지 일일이 맹주의 신세를 진다는 건 자존심이 상하는 일이오. 그렇지 않겠소?"

"그래?"

"잡혀가 주는 일에도 계획이 있어야 한다는 말은 듣느니 처음이오."

"그렇다면 네 생각은?"

장팔봉이 씩 웃고 당당하게 말했다.

"이런 일에는 무계획이 계획인 법이라오."

"무, 무계획……"

*　　　*　　　*

그그그긍―

영영 열리지 않을 것 같던 철문이 육중한 소리를 내며 열렸다.

맹주와의 면담을 끝내고 저벅저벅 걸어나가는 장팔봉의 속은 편치 않았다.

'뭐지, 이 기분은? 꼭 사기당한 것 같기도 하면서 아닌 것 같기도 하면서… 참 묘하군. 제기랄.'

저에게 그렇게 막중한 임무를 맡겼다는 건 그만큼 저를 높이 쳐준다는 거니 우쭐해져야 할 일이다.

하지만 자꾸 무언가 꺼림칙한 느낌이 남아 떨떠름했다.

'그런데 참 이상한 일도 다 있잖아? 내 사문이 삼절문이고, 사부님에게서 배운 도법이 삼절도법인데, 봉명도 속에 숨겨져 있는 게 봉명삼절도법이라고? 이건 참 드문 우연이군.'

고개를 갸우뚱거리더니 어느새 꺼림칙하던 느낌은 잊고 피식피식 웃는다.

第五章
무계획이 계획이다

鳳鳴刀
봉명도

무계획이 계획이다

터벅터벅─

한 필의 말이 머리를 끄덕이며 제멋대로 걸어가고 있었다.

복잡한 저자의 한복판을 느릿느릿, 지겹다는 모습으로 그렇게 지나가는 것이다.

말 위의 무사는 장팔봉이었다.

허름한 마의에 긴 머리를 새끼줄로 질끈 묶었고, 낡은 허리띠에는 술 호로를 매달았으며, 너덜거릴 만큼 낡고 빛바랜 가죽신을 신었다.

등에 칼 한 자루를 짊어지고 있으니 무사지 그렇지 않으면 영락없이 저자에서 날품을 팔아먹고 사는 잡배의 몰골이었다.

하지만 그가 타고 있는 말은 그렇지 않았다.

누가 보더라도 한눈에 명마라는 걸 알 것이다.

잡티 하나 없이 검은빛이 자르르 흐르고, 울퉁불퉁한 근육질의 몸은 조각을 한 것처럼 미끈하게 빠졌다.

그런 놈이 매우 지겹고 한심하다는 기색으로 머리를 끄덕거리며 느릿느릿 걷고 있었다.

가끔씩 투레질을 해서 주위의 사람들을 놀라게 하는 것이 이만저만 불만을 가진 게 아니다.

장팔봉이 달리게 해주지 않으니 그랬다.

하루에 천 리를 달리고도 힘이 남을 놈인데, 장팔봉은 마치 늙은 노새 한 마리를 몰듯이 하고 있었던 것이다.

"말을 파시지 않겠소?"

길 건너의 찻집에서 한 사람이 뛰어나오더니 성급하게 말고삐를 잡았다.

장팔봉의 눈가로 득의의 웃음이 빠르게 스쳐 지나갔다.

내려다보니 잘 차려입은 것이 돈 꽤나 있는 집안의 사내가 분명했다.

"얼마면 되겠소?"

품을 뒤적이는 것이 돈을 꺼낼 기세였다. 성질도 급한 자다.

"얼마나 있는데?"

"여기 삼백, 아니, 삼백오십두 냥이 있소이다."

사내가 빳빳한 두 장의 전표와 제법 묵직해 보이는 금괴 한 개, 그리고 부스러기 은자를 죄다 꺼내놓았다.

금괴와 은자는 알지만 전표에 얼마짜리라고 쓰여 있는지 장팔봉은 모른다. 어쨌든 모두 삼백오십두 냥이라니 그럴 것이다.

장팔봉이 피식 웃었다.

"가져가서 마누라 옷이나 한 벌 해 입혀."

"이보시오, 이보시오!"

그냥 가자 사내가 다급하게 부르며 따라붙었다.

장팔봉의 눈가에 또 한 차례 음흉한 웃음이 재빨리 스쳐 지나간다.

"그럼 대체 얼마를 원하시오?"

"일천 하고 삼백오십두 냥 하고도 세 푼. 에누리 없이."

엄청난 돈이다.

열 식구 대가족이 장원 같은 집에서 족히 삼 년은 떵떵거리며 먹고살 만한 액수인 것이다.

제 식구 수만큼 종을 부려도 삼 년 안에 그 돈을 다 쓰려면 고생 깨나 할 것이다.

그런 말도 안 되는 액수를 덜컥 부른 건 팔지 않겠다는 뜻 아닌가.

하지만 사내에게는 정말 그 흑마가 탐나는 모양이었다.

고삐를 움켜쥔 채 서서 자못 심각하게 망설인다.

"그런데 이 말이 정말 당신 거요?"

"왜? 어디서 훔쳤을까 봐?"

"당신의 행색과 이 말과는 전혀 어울리지 않으니 그렇소이다."

"그래? 그럼 보여주지."

장팔봉이 즉시 말에서 뛰어내렸다. 안장을 들추고 안쪽을 보여준다.

무림맹 풍향사의 낙인이 찍혀 있었다. 그곳에 속한 말이라는 뜻이다.

그걸 본 사내의 눈이 반짝였는데, 이번에는 장팔봉이 알아채지 못했다.

"가라!"

그가 갑자기 말의 볼기짝을 철썩 때렸다.

놀란 말이 앞발을 번쩍 들고 히히힝 하고 울부짖더니 그대로 질주해 갔다.

그 많은 사람들을 헤집고 내달리면서도 누구 하나 다치게 하지 않는다.

질풍처럼 거리 저쪽으로 사라져 보이지 않게 되었다.

눈 깜짝할 새의 일이다.

"어? 어? 저거……!"

사내가 눈을 까뒤집었다.

"말을 잃어버리지 않았소이까? 이런, 이렇게 무모하고 멍청한 사람이라니……."

"그럴 것 같아?"

흥, 하고 코웃음을 친 장팔봉이 입속에 손가락을 쑤셔 넣더니 삐익— 하고 날카롭고 긴 휘파람을 불었다.

그리고 잠시 후 사내는 얼이 빠진 듯이 말을 바라볼 수 있었다.

두두두두—

어디에서인가 말발굽 소리가 들린다 싶었는데 뒤쪽에서 흑마가 질주해 오고 있었던 것이다.

장팔봉 곁에 우뚝 서서 다시 히히힝— 하고 길게 울부짖는다.

비로소 한바탕 맘껏 달리고 와서 속이 시원하다는 듯했다.

"봤지? 이놈은 어디에 있든지 내 휘파람 소리만 들으면 즉각 달려오도록 길들여져 있지. 그러니까 내 말이라는 거야. 맞지?"

"좋소, 사겠소!"

사내가 호기롭게 소리쳤다.

장팔봉은 거들떠보지도 않고 오직 흑마를 바라보며 쓰다듬는데 사랑스러워 못살겠다는 듯했다.

'병신.'

속으로 비웃은 장팔봉이 손을 내밀었다.

"지금 그만한 돈이 내게 있겠소? 또 있다 한들 가지고 다닐 수 있겠소? 수레에 실어도 한 수레는 될 텐데."

"그럼 없다는 거야?"

"우리 집으로 갑시다. 거기에서 주면 될 것 아니겠소?"

"그러지. 나야 어디에서든 돈만 받으면 되니까."

절강성에, 그것도 안탕산에서 멀지 않은 촌마을에 이런 집이 있었던가 싶게 으리으리한 장원이었다.

내당까지 들어가는 데만도 무려 일곱 개의 문을 지났다.

그동안 본 정원만 해도 다섯 개인데, 하나같이 작은 동산을 방불케 하는 규모였다.

게다가 어쩌나 공들여 정교하게 꾸며놓았는지 보는 내내 눈이 휘둥그레져서 이제는 아플 지경이었다.

드문드문 경장 차림의 무사들도 보였는데, 다들 사내를 보기가 무섭게 공손하게 인사하고 한쪽으로 물러섰다.

원가장(元家莊)이라고 불리는 이 거대한 장원을 지키는 호장무사들인 것이다.

장팔봉은 저자에서 불쑥 만난 이 사내가 의외로 대단한 위인이라는 걸 짐작했다.

그는 자신을 원명환(元明環)이라고 했다.

원가장의 유일한 상속자라며 으스대기도 했다.

장차 주인이 될 몸인 것이다.

그러니 천만금을 선뜻 쓸 수 있을 만큼 부유한 자인 게 틀림없다.

사내 원명환이 장팔봉을 안내한 곳은 내당 중에서도 후원쪽에 치우쳐 있는 독립된 정자였다.

연꽃이 가득한 연못과 태호석을 숭숭 박아놓은 석산을 끼고 있었는데, 난간에 앉아 울창한 대숲을 바라볼 수 있어서 좋았다.

크고 작은 나무와 풀이 조화롭게 어우러져 있고, 기화이초가 가득해서 마치 그윽한 골짜기에 들어와 있는 것 같은 운치가 우러나기도 한다.

장팔봉이 흐뭇해하는 걸 본 원명환이 아리송한 미소를 지으며 말했다.

"그 돈을 마련하자면 시간이 조금 걸릴 것이오. 그러니 불편한 대로 이곳에서 잠시 쉬면서 기다려 주지 않겠소?"

"좋시다. 그런 큰 거래를 하는데 번갯불에 콩 볶아먹듯 할 수는 없지. 이박 삼일이 걸려도 좋으니 느긋하게 준비하시오. 나도 여기서 느긋하게 기다리고 있을 테니까."

"고맙소. 그럼……"

원명환이 인사를 하고 물러났는데, 그의 눈은 저쪽에서 한가롭게 풀을 뜯고 있는 흑마에게서 떠나지 않았다.

잠시 보지 못하게 되는 것마저 서운한 모양이다.

슬금슬금 시간이 꽤 흘러갔다.

하지만 돈을 가지고 돌아오겠다던 원명환에게서는 아무 소식도 없었다.

정자 난간에 걸터앉아 기둥에 등을 기대고 꾸벅꾸벅 졸고 있던 장팔봉이 잠꼬대인 것처럼 중얼거렸다.

"슬슬 입질이 올 때가 되었는데? 내가 잘못 짚은 건가?"

허여멀겋게 생긴 그 사내, 원명환이 어쩌면 정말 말에 미쳐서 무작정 달려든 건지도 모른다는 생각이 들었다.

"하지만 그럴 리가 없지. 말 한 필에 천 냥이 넘는 돈을 선뜻 내겠다는 미친놈이 있을 리가 없잖아?"

무계획.

그게 장팔봉이 가지고 있는 유일한 계획이었다. 지금도 그렇다.

'부닥치면 다 길이 뚫리게 되어 있는 거야.'

그런 뱃심으로 무림맹을 나온 건 믿는 구석이 있기도 해서였다.

'패천마련 놈들이 죄다 바보가 아닐 텐데 가만히 있겠어?'

그거였다.

무림맹 풍향사의 군주가 움직이면 제일 먼저 그걸 알 놈들이 바로 패천마련의 개 후레자식들이라고 믿은 것이다.

무림맹에 그것들과 내통하는 자가 있건 없건, 그까짓 건 장팔봉에게 하나도 중요하지 않았다.

'내가 움직이면 무조건 입질이 온다.'

그게 중요한 사실이고, 믿음이었다.

그러면 그때 가봐서 상황에 맞게 적당히 처신하면 되는 것이다.

제 몸뚱이를 미끼로 내던진 셈인데, 매복해 있으면서 놈들이 언제 올까 하고 기다리는 거나 다름없다고 생각하니 마음이 느긋해졌다.

'그것들이 나를 죽이지는 않을 테니까.'

그런 믿음에서 오는 배짱이고 여유이기도 하다.

'왔다!'

실눈을 뜨고 이리저리 눈동자를 굴리던 장팔봉이 질끈 눈을 감았다.

어떤 상황에서도 살아남는 비결을 이미 꿰뚫고 있는 그가 아닌가.

장팔봉은 조금 전과는 다르게 흔들리고 있는 대나무 숲을 보았고, 바람결에 실려 있는 이질적인 냄새를 맡았던 것이다.

그건 거의 차이가 없을 만큼 극히 미약한 징후였는데, 예민할 대로 예민해져 있는 장팔봉의 감각은 그 실낱같은 징후를 놓치지 않았다.

절대로 지나쳐 보내는 일이 없다.

그의 신경들이 올올이 곤두서서 파르르 떨었다.

이제는 공기의 흐름까지도 느낄 수 있을 것 같다.

하지만 장팔봉은 눈을 질끈 감은 채 난간에 비스듬히 기대 앉아서 낮게 코를 골고 있었다.

품에 안고 있던 칼이 스르르 미끄러져 떨어지더니 바닥에 닿았다. 그러자 손잡이가 딱 잡기 좋을 만큼의 위치에 놓이게 된다.

잠결에 그렇게 된 것처럼 아주 자연스럽게 이루어진 일이었다.

잠시 주춤했던 기운이 다시 움직이는 걸 피부로 느끼며 장팔봉은 내심 비웃음을 흘리고 있었다.

'병신들.'

들켰다는 것도 모르고 저렇게 조심스럽게 다가오는 꼴들이 우습다.

자존심.

장팔봉은 그걸 생각했다.

잡혀가기 위해 나온 몸이지만 맥없이 항복하는 건 자존심 상하는 일 아닌가.

놈들이 의심하게 될 것이다.

잡힐 땐 잡히더라도 최대한 자존심은 유지해야 한다.

"눈을 떠라."

앞에서 근엄한 음성이 들려왔다.

기척도 없이 어느새 다가온 시커먼 얼굴의 노인이었는데, 세 가닥 염소수염에 매부리코였다.

두 눈에 흉광이 이글거리고 긴 옷소매 아래로 거무튀튀한 철조(鐵爪)의 끝이 삐져나와 있다.

하지만 장팔봉은 그 노인이 제 앞에 와 있다는 걸 이미 알고 있었다. 그러면서 모르는 척 눈을 뜨고 어리둥절하게 바라본다.

"어? 돈을 가져왔나?"

"네가 풍향사의 군주라는 장팔봉이냐?"

"어떻게 알았지?"

"흐흐, 하늘에도 눈이 있고 땅에도 귀가 있으니 비밀이란 없는 법이지."

"알았으니까 돈이나 가져와."

"이놈!"

장팔봉의 느긋하고 무례한 대응에 노인이 버럭 화를 냈다.

그는 패천마련의 마밀천(魔密天)에 속해 있는 사람이었다.

제이당주라는 신분이기도 한데, 강호에서는 구음철조(九陰鐵爪)로 악명이 자자한 곽말약(郭末略)이라는 자였다.

삼 개 당으로 구성되어 있는 마밀천은 무림맹의 풍향사처럼 은밀한 일을 수행하는 조직이다.

그중 제이당이 절강과 복건 일대를 활동 무대로 삼고 있었다.

곽말약은 그 제이당의 당주다.

어지간해서는 모습을 보이지 않는 당주 곽말약이 몸소 나선 건 상대가 풍향사의 군주이기 때문이었다.

'그런 놈이 아무런 조치 없이 혼자서 무림맹을 나왔을 리가 없다.'

그런 의심 때문에 여태까지 손을 쓰지 못하고 망설이며 꼼꼼히 주변을 살펴보느라고 시간이 걸렸다. 그리고 제이당의 근거지까지 유인해 들이는 데 성공했다.

그래도 미심쩍은 마음에 몸소 나왔으니 조심성이 대단히 많은 늙은이다.

"흐흐, 돈을 받고 싶으냐?"

"거래는 확실해야 하는 법이니까."

"하지만 이곳에서는 곤란하다. 그만한 돈이 없거든."

"그래? 그럼 이 거래는 깨진 거다. 가겠어."

장팔봉이 일어나려는 듯 움찔거리자 곽말약이 위협적으로 소리쳤다.

"꼼짝하지 마라!"

장팔봉이 '왜?' 하고 묻는 듯 물끄러미 바라본다.

"행여 다른 수작 부릴 생각일랑 말거라. 장원은 이미 마밀천의 무사들로 겹겹이 에워싸여 있다. 흥, 무림맹에서 너를 구하기 위해 원병이 온다고 해도 소용없어."

"그러니까 나를 잡아가겠다는 거냐?"

"흐흐, 맹주에 이어서 풍향사의 군주까지 사로잡게 되었으니 하늘이 우리 패천마련의 편에 서 있다는 증거지."

파라락—

곽말약이 두 손을 휘둘러 늘어진 소맷자락을 팔목에 둘둘 감았다. 그러자 거무튀튀한 빛으로 번쩍이는 철조가 모습을 드러냈다.

보기만 해도 으스스해지는 기병이다.

그가 그것을 부딪쳐 쩔그렁거리는 요란한 소리를 내며 득의양양하게 말했다.

"순순히 포박을 받는다면 한 방울의 피도 흘리지 않을 수 있다. 하지만 그렇지 않으면, 흐흐흐—"

곽말약은 이제 자신이 있었다.

'이놈이 기껏 돈 일천 몇 백 냥에 혹해서 제 목숨을 팔다니, 어리석은 놈 아닌가? 이런 놈이 풍향사의 군주라니 무림맹도 망할 때가 다 되었군.'

비웃음마저 흘린다.

그런 곽말약의 면전에서 장팔봉은 아직 잠이 덜 깼다는 듯 입을 쩍 벌리고 요란하게 하품을 했다.

그러면서 흘깃 훔쳐보니 과연 정자 주위에는 시커먼 무사들이 개미 떼처럼 모여들어 있었다.

대나무 숲을 헤치며 자꾸 기어나온다.

'이만 하면 자존심은 충분히 살린 것 아니겠어?'

그 수가 얼핏 보기에도 족히 백여 명은 될 것 같으니 마음이 뿌듯해졌다.

　패천마련이 저 하나를 잡겠다고 이 많은 놈들을 동원했다는 생각에 우쭐해지기까지 한다.

　'뭐, 싸우는 척해줄 필요도 없겠네.'

　이미 자존심을 충족한 터라 불필요하게 힘을 쓰고 싶은 마음도 사라졌다.

　'그래도!'

　무언가 한 칼은 보여주고 싶다는 변덕이 든 순간,

　그의 손이 스치듯 칼자루를 잡았고, 그 즉시 와락 몸을 일으키며 칼을 뽑아 무섭게 후려쳤다.

　씨잉, 하는 바람 소리가 들릴 새도 없이 빠르고 강한 일격이었다.

　"엇!"

　의외라고 할 만한 강습에 곽말약이 깜짝 놀라 움찔했다.

　하지만 그는 산전수전을 다 겪어온 강호의 노마두다.

　즉시 온몸에 불끈 힘을 주며 호신강기를 일으켰다.

　쩡!

　장팔봉의 칼이 그런 곽말약의 허벅지를 찍었다.

　눈 깜짝할 사이의 일이었다.

　그의 칼은 빠르고 맹렬했다.

　누구도 그 일격의 강습 앞에서 무사할 수 없을 것이다.

　하지만 곽말약은 무사했다.

　그는 옷 속에 단갑을 두르고 있었던 것이다.

허벅지까지 늘어진 그것이 그를 보호했는데, 거기에 호신강기가 더해지자 단갑은 철판처럼 단단해졌다.

아무리 무시무시한 일격이었다고 해도 장팔봉의 칼이 그것을 쪼갤 수는 없었다.

무사했지만 허벅지에 파고드는 둔탁한 통증만은 어쩔 수 없다.

위험했다는 생각에 등줄기에 진땀이 돋기도 한다.

"이놈!"

잔뜩 화가 난 곽말약이 노성을 터뜨리며 철조를 들어 올렸다.

당장 장팔봉의 머리통에 열 개의 구멍을 내버리고 말겠다는 듯하다.

"졌어. 안 되는구먼."

장팔봉이 즉각 칼을 내던졌다.

"웅?"

곽말약이 눈을 부릅떴다.

철조를 아슬아슬하게 장팔봉의 머리통 앞에서 멈춘다.

"항복하는 거냐?"

"안 되는 일은 안 되는 거지. 제기랄, 졌다."

*　　　*　　　*

"어디로 무엇 하러 가는 길이었느냐? 풍향사의 군주가 변복을 하고 혼자 무림맹을 나왔을 때는 무언가 중요한 일이 있어서이겠지?"

"……."

"이곳이 마밀천 제이당의 본영이라는 걸 알고 왔느냐?"

"……."

"그런 모양이군. 극비인데 풍향사에서 어찌 안 거지?"

"……."

"이곳에 풍향사와 내통하는 자가 있느냐? 있다면 그게 누군지 말해라."

"……."

"꼭 지저분한 일을 당하고서야 털어놓을 작정이냐? 흐흐, 그렇다면 원하는 대로 해줄 수밖에."

곽말약이 음침하고 흉악하게 인상을 써 보이지만 마음대로 해보라는 듯 장팔봉은 태연했다.

고문쯤이야 이미 각오한 일 아닌가.

"이거 안 되겠구먼."

곽말약이 화덕에서 시뻘겋게 달아오른 인두를 집어 들었다.

그것을 본 장팔봉이 비로소 입을 열었다.

"내가 누구냐?"

"……?"

"내가 무림맹 풍향사의 군주야. 그럼 너는 누구냐?"

"나는 패천마련 마밀천의 제이당주다."

"그런데 네가 나한테 이래라저래라 할 수 있는 거냐?"

"……!"

"천주를 오라고 해. 그러면 말을 할지 말지 생각해 보겠다. 예의도 모르는 늙은이 같으니. 쯧쯧……."

한심하다는 듯 곽말약을 흘겨본다.

하긴 그렇다.

곽말약은 장팔봉의 문제를 여기서 제 손으로 처리해서는 안 된다고 생각했다.

만약 그렇게 했다가는 천주의 질타를 받고 오지로 쫓겨날지도 모른다.

잘못하면 목이 떨어질 수도 있다.

피는 아랫것들이 흘리지만 공은 항상 윗사람에게 돌아가야 하는 것 아니던가.

그게 언제나 충성심의 척도가 된다.

―풍향사의 군주가 패천마련에 납치되었다.

그 소문이 무림맹 전체로 퍼지는 데는 많은 시간이 필요하지 않았다.

사람들은 모두 눈을 휘둥그레 떴고, 그다음으로는 고개를 숙인 채 땅이 꺼지도록 한숨을 쉬었다.

"드디어 무림맹도 망조가 든 거야."

"맹주에 이어서 풍향사의 군주까지 납치되다니……."

"장팔봉 그놈이 군주가 되었을 때 알아봤어."

사기는 바닥에 떨어졌고, 더 이상 의욕을 가지고 무림맹을 지키려는 자들도 빠르게 사라져 갔다.

풍향사의 군주라면 무림맹의 온갖 비밀들을 한 손에 쥐고 있는 사람이다.

그가 납치당했으니 무림맹은 이제 패천마련의 손바닥 위에 놓여 있는 거나 마찬가지였다.

안탕산 총단에도 초상집의 분위기가 감돌았다.

맹주의 집무전인 호천각은 깊은 침묵에 잠겼다.

그 안에서 맹주가 대체 무엇을 생각하고 있는지 아무도 알지 못하기에 더욱 답답하기만 했다.

맹주를 보좌하는 열두 명의 장로들마저 문을 닫아건 채 칩거할 뿐, 거기에 대해서는 한마디도 말하지 않았다.

그래서 무림맹의 기둥이자 실질적인 세력인 팔전의 전주들은 손을 놓고 있을 수밖에 없었다.

영문을 알 수 없으니 한숨만 푹푹 내쉰다.

*   *   *

"잠시 이대로 둔다."

패천마련의 절대마종인 거령신마가 무거운 침묵을 깨고 그렇게 말했다.

흰 수염이 가슴 아래에까지 늘어져 있고, 붉은 기운이 강한 얼굴에는 은은한 후광이 어려 있었다.

이글거리는 눈빛만으로도 만인을 제압할 만한 기상을 갖추고 있는 노인.

그가 이 시대의 절대마종으로 추앙받고 있는 거령신마였다.

겉으로 보기에는 마종이 아니라 선계에서 바둑이나 두며 소일하고 있어야 어울릴 것 같은 풍모였다.

그 거령신마의 말에 다섯 명의 천주인 마계오천(魔界五天)의 마존들이 일제히 눈을 휘둥그레 떴다.

"예?"

"지금이 절호의 기회입니다. 한 번만 들이치면 무림맹의 총단을 손에 넣을 수 있습니다."

"이미 싸울 의욕마저 사라져 버린 그놈들은 변변한 저항조차 하지 못할 것입니다."

"그냥 널름 집어삼키기만 하면 천하가 패천마련의 것이 됩니다."

"천하일통! 이건 그동안 수많은 영웅 호한이며 마종들이 꿈꾸어왔으나 아무도 이루지 못했던 것입니다. 그것을 이제 우리 손으로 이룰 수가 있는데 그대로 두다니요?"

"마종께서 나설 필요도 없습니다. 저의 마검천(魔劍天)만으로도 충분합니다."

"시끄러워! 선봉은 벌써부터 우리 마환천이 맡고 있다. 어느 놈이 그걸 빼앗으려고 해? 홍! 먼저 나를 죽여라!"

마환천주인 무심적괴 도적성이 벌컥 화를 내며 마검천주를 노려본다.

다들 홍분하여 떠들어대지만 거령신마는 지그시 감은 눈을 뜨지 않았다.

그의 엄숙함에 다섯 마존이 입을 다물었다.

한참 후에 거령신마가 다시 눈을 뜨고 조용한 얼굴로 말했다.

"아무리 궁지에 몰렸다고 해도 무림맹의 저력은 무시할 수 없다. 그들은 정파 무림이 가지고 있는 오랜 힘의 집약인 것이다. 우리만큼이나 뿌리가 깊지."

"……."

"궁지에 몰린 쥐가 고양이를 문다는 말처럼 억지로 멸하려 들면 우리 또한 적지 않은 피해를 입게 될 것이다. 과연 지금 이 상황에서 그런 무리수를 둘 필요가 있을까?"

그 말에 마존 중 온건파로 분류되는 몇 명이 머리를 끄덕였다.

"또 그렇게 해서 무림맹을 멸한다 한들 정파 무림이 완전히 승복할 리도 없다. 그렇다면 불씨를 안고 있는 셈이 되지."

"하오면 마종의 뜻은……."

"지쳐서 항복할 때를 기다리는 게 좋을 것이다. 그들 스스로 백기를 들고 나온다면 비로소 완전한 승리를 했다고 할 수 있지. 후환도 사라질 것이다."

"과연 그놈들이 그렇게 할까요?"

"그것이 패도를 지향하는 우리와 광명정대함을 주장하는 그들과의 차이다. 우리 같으면 최후의 한 사람까지도 싸우다 죽으려고 할 것이다. 하지만 그들은 대의명분을 중시하니 그렇게 무모한 짓을 할 리가 없지."

"……."

"지금과 같은 상태가 더 유지된다면 그들 사이에 내분이 생길 것이고, 저절로 무너지게 될 것이다. 그러면 항복하는 길밖에는 없겠지. 그때를 기다렸다가 자연스럽게 무림맹을 접수한다. 그게 그들이 늘 주장하는 대의명분에도 맞는 일이겠지."

"오오—"

"시간은 좀 더 걸릴지 몰라도 그렇게 된다면 최초로 완벽한 마도천하를 열 수 있게 될 것이다. 그게 더 영광스럽지 않겠는가?"

마존들의 얼굴에 감동의 빛이 가득해졌다.

지극한 존경을 담은 눈길로 거령신마를 우러러본다.

그의 그릇과 자신들의 그릇에는 이처럼 큰 차이가 있다는 걸 느끼지 않을 수 없었던 것이다.

"맹달."

거령신마의 부름에 마존들 중 하관이 빠진 강퍅해 보이는 노인이 고개를 숙였다.

패천마련의 비밀 조직인 마밀천의 천주이자 마계오천 중 제일천주인 은형비월(隱形飛月) 맹달(孟達)이다.

"풍향사의 군주는?"

"압송 중입니다. 며칠 후면 도착할 것입니다."

"외부의 시선을 의식하고 있겠지?"

"안심하소서. 마종의 뜻대로 강호에 우리 패천마련의 좋은 인상을 심어주기 위해 최대한 노력하고 있습니다."

第六章

몽둥이 타작

鳳鳴刀
봉명도

몽둥이 타작

호북으로 향하는 거창한 행렬이 연일 사람들의 입방아에 올랐다.

호북성 서쪽 끝, 사천과의 경계에 있는 대신의가산(大神衣架山)으로 향하는 행렬인데, 무려 이백여 명의 기마 무사들이 한 대의 호화찬란한 마차를 호송하고 있었던 것이다.

그것이 당금 무림의 패자로 인정받고 있는 패천마련이 죄인을 호송하는 행렬이라는 데에 사람들의 관심은 더욱 커질 수밖에 없었다.

열두 필의 건마가 끌고 있는 마차는 어지간한 집 한 채를 옮겨놓은 것처럼 컸다.

그것을 따르는 두 대의 마차가 있었는데, 한 대에는 다섯 명의 아리땁고 요염한 시비들이 탔고, 다른 한 대에는 호송 중에 필요한 온갖 물품을 적재하고 있었다.

호송 행렬을 인솔하고 있는 자는 강호에 마명(魔名)이 쟁쟁한 일도참마(一刀斬馬) 팽목형(彭木兄)이라는 자였다.

오십 줄에 접어든 마두로서, 자루가 긴 참마도 하나로 강호에 피바람을 불러일으켰던 거마이자 도객이기도 하다.

그는 내심 불만이 많았다.

'이게 대체 무슨 꼴이냐? 이 팽목형이 고작 종으로 전락한 것 같지 않은가?'

그런 불만은 그가 호송의 책임을 지고 있는 마차 때문이었다.

'대체 이게 어디로 봐서 포로를 압송해 가는 거냐? 이건 마련에서 초빙한 귀빈을 호송하는 행렬이라고 해도 과언이 아니야.'

하지만 그는 그런 불만을 조금도 내색할 수가 없었다.

마련의 제일천주이자 절대마종 다음으로 막강한 권력을 행사하고 있는 마밀천주 맹달의 엄명이 있었기 때문이다.

"최대한 공경하는 예의를 갖추고, 그것을 만천하에 보여주도록 해라."

천주의 그 명령이 뜻하는 바를 충분히 이해하고 있는 팽목형이었다.

그만큼 제 임무가 막중하다는 것도 잘 안다.

하지만 그 임무의 대상이 형편없으니 스스로 한심해지는 기분을 어쩔 수 없었다.

"그놈은 가짜요. 맹탕이라니까?"

마밀천 제이당주인 곽말약의 말에 자꾸만 신경이 쓰인다.

"알아본 바로는 얼마 전까지 풍운당 산하의 최일선 행동조인 풍운조의 조장이었답디다. 그러다가 발탁되어 불과 보름 새에 풍향사의 군주 자리에 올랐다니 이게 말이 되는 소리요?"

곽말약은 입에서 침까지 튀겨가며 소리쳐 댔었다.

"아무래도 무림맹주라는 자가 이성을 잃은 것 같소이다. 어쨌거나, 그자는 풍향사의 군주가 된 지 불과 닷새 만에 우리에게 사로잡혔는데, 그 과정도 수상쩍기 짝이 없소."

"그런 사실을 총단에 보고했소?"

"물론이오. 하지만 총단에서는 그놈이 오직 풍향사의 군주라는 데에만 기뻐할 뿐, 나의 보고 따위에는 관심이 없는 것 같구려. 그렇기에 팽 형을 이렇게 직접 보내기까지 한 것 아니겠소?"

팽목형은 곽말약의 말을 믿었다. 직접 대면해 보니 풍향사의 군주라는 자가 영 시답잖게 보였던 것이다.

무공이 별 볼일 없는 건 둘째 치고, 하는 말이나 행동거지가 도저히 무림맹 이인자의 그것이라고 봐줄 수 없는 수준이었다.

아무리 좋게 보아주려고 해도 그저 막되어먹은 하급 무사

정도로밖에는 여겨지지 않는다.

그런 자가 거들먹거리며 마차에 타고 있고, 자신은 이렇게 말 위에서 밤을 새야 한다는 게 불만스럽기 짝이 없었다.

'마련에서는 그자의 현재 직위를 높이 치는 것이겠지.'

애써 그렇게 스스로를 위로하는 수밖에 없었다.

그자가 누구이던 그건 중요하지 않은 것이다. 오직 무림맹의 이인자이며 풍향사의 군주라는 현재의 직분이 중요할 뿐이다.

그런 자를 포로로 잡았다는 건 강호의 대세가 패천마련으로 넘어왔다고 주장할 수 있는 명분이기 때문이다.

그리고 이처럼 거창한 호송 행렬로 세간의 눈길을 한껏 끄는 것도 전시 효과 면에서 그놈을, 아니, 그놈의 직분을 십분 활용하려는 것이라고 이해할 수 있다.

"끄응—"

어쨌거나 자신은 꼭두각시 짓을 할 수밖에 없다는 생각에 팽목형이 된 탄식을 발했다.

*   *   *

'이건 포로 짓도 생각보다 할 만한 짓이로군.'

푹신한 보료에 반쯤 몸을 파묻은 채 비스듬히 앉아서 장팔봉은 연신 벙긋거리고 있었다.

두 명의 꽃보다 아리땁고 요염한 시비들이 다리 한 짝씩을

맡아 나긋나긋하게 주물러대는데, 이마에 송골송골 땀방울이
맺혀 있었다.

힘을 주어 꾹꾹 누를 때마다 절로 상체가 앞으로 숙여진다.
그러면 벌어진 옷자락 사이로 봉긋한 가슴이 살짝살짝 드러나
보였다.

다 드러내 놓고 덜렁거리는 것보다 그게 오히려 더욱 자극
적이어서 장팔봉은 연신 두 시비의 젖무덤과 그 사이의 깊은
골을 훔쳐보며 침을 꼴깍꼴깍 삼켰다.

배가 고파질 만하면 알아서 산해진미를 해오고, 졸음이 온
다 싶으면 알아서 무릎을 빌려준다.

마차 안이 좀 덥다 싶으면 알아서 파초선을 살랑살랑 부쳐
주고, 심심하다 싶으면 알아서 짜랑짜랑한 음성으로 재잘거린
다.

지루하다 싶으면 알아서 교태를 부리며 까르르 웃어서 가슴
을 시원하게 해주니 미칠 일이었다.

단 한 가지만은 좀체 허락하지 않기 때문이다.

무엇이든 요구하면 다 해줄 것처럼 나긋나긋하고 살갑게 굴
지만 결정적으로 품에 안고 누워 뒹굴 수가 없는 것이다.

그건 고문이나 마찬가지였다.

달군 인두로 지져 대고 손발톱을 무지막지하게 뽑아대는 것
못지않게 고통스러운 고문이다.

"끄응—"

마차 밖에서는 팽목형이 된 탄식을 내뱉고, 안에서는 장팔

봉이 된 탄식을 내뱉었다.

 대신의가산에 있는 패천마련 총단이 이틀거리로 가까워졌을 때에 총단에서 나온 호송단이 기다리고 있다가 장팔봉을 맞이했다.

 포로를 인계받기 위해 나온 게 아니라 영접하기 위해 나온 것처럼 보이는 화려하고 요란한 행렬이었다.

 "오시는 동안 불편한 점은 없으셨소?"

 나이 지긋한 노마두가 마차 안으로 들어와 안부를 묻는다.

 장팔봉은 여전히 느긋한 모습으로 보료 위에 비스듬히 앉아 있었다.

 이곳까지 오는 동안 그런 일에 익숙해져 있던 터라 몸을 일으키지도 않고 노인을 상대했다.

 "뭐, 조금 지루하기는 했지만 그런대로 괜찮았소이다."

 노인이 살짝 눈살을 찌푸렸다. 하지만 곧 웃는 얼굴로 바뀐다.

 "노부는 마계오천 중 제일천인 마밀천의 부천주요. 광세천마(狂世天魔) 기천걸(奇天杰)이라고 하오. 커흠."

 제 이름을 들어보았다면 즉시 꼬리를 내릴 것이라고 기대하는 눈치였다.

 그럴 만했다.

 광세천마 기천걸이라는 이름이 강호에서 얼마나 막중한 비중을 차지하는 것인지 안다면 말이다.

하지만 장팔봉은 그가 희대의 대마두이면서 마도의 절정고수이고, 성품이 불같은 위인이라는 걸 눈곱만큼도 알지 못했다.

자신은 군주이고 상대는 부천주이니 만만하게 여겨질 뿐이다.

"나는 나요."

이미 잘 알고 있지 않느냐는 듯 무뚝뚝하게 한마디 대답하고 눈길을 돌려 버린다.

'이놈이?'

기천걸의 가슴속에서 열불이 끓어올랐다.

지그시 노려보는 눈길에 살기가 이글거리건만 장팔봉은 태연하기만 했다.

느끼지 못하고 보지 못한 것 같다.

'과연 무언가 내력이 있는 놈이 틀림없어.'

치솟는 화를 가까스로 억누른 기천걸은 그렇게 생각했다.

자신 앞에서, 더구나 마련으로 잡혀가고 있는 입장임에도 이처럼 태연하고 태평할 수 있다는 게 의아했던 것이다.

이놈에게 무언가 믿는 구석이 있거나, 그만한 자신이 있지 않고서는 그럴 수 없다는 생각이 든다.

'이게 보기에는 허술해 보이지만 그렇지 않은 놈일지도 모른다. 그렇다면 만만하게 볼 수 없는 놈이야.'

경계심이 와락 들었다.

장팔봉의 이력에 대한 보고마저도 의심스러워진다.

'고작 전위 행동조의 조장 따위가 어찌 풍향사의 군주가 될 수 있었을 것인가. 그것에도 무언가 커다란 비밀이 있는 게 틀림없다.'

장팔봉을 대하고 나자 그런 생각이 더욱 굳어졌다.

기천걸에게 장팔봉을 인계하고 난 팽목형은 그 즉시 수하들을 이끌고 현성으로 달려갔다.

밤새도록 술을 퍼 마시고 한바탕 난동을 부리다시피 하며 마음껏 놀지 않고서는 울화를 참을 수 없을 것 같았던 것이다.

*　　　*　　　*

대신의가산의 패천마련 총단에 오기까지 꼬박 닷새가 걸렸다.

쉬지 않고 행군한 결과인데, 장팔봉에게는 그 닷새가 이렇게 훌쩍 지나가 버린 게 아쉽기만 했다.

마차에서 내린 순간 시커먼 사내들에게 에워싸였을 뿐, 더 이상 나긋나긋한 시비들의 시중을 받을 수 없게 되었던 것이다.

호송하던 동안의 친절과 상냥함은 패천마련의 높은 성문을 지나 안으로 들어선 순간 모두 사라져 버리고 말았다.

"나와!"

시커먼 놈이 눈을 부릅뜬 채 호통을 친다.

보기만 해도 소름이 쭉쭉 돋을 만큼 험악하게 생긴 놈이었다.

얼굴에 벌써 '나는 마귀요' 하고 새겨 넣은 자다.

형당의 집법사령인 귀면탈혼(鬼面奪魂) 당음지(唐陰持)인데, 마련의 형당 내에서도 악명이 높은 자였다.

그의 손에 걸리면 아무리 의지가 굳은 자라고 해도 한나절을 버티지 못한다는 게 다 알려진 사실이었다.

불굴의 의지와 기백으로 한 나절을 버틴 자는 결국 송장이 되어 귀음곡(鬼陰谷)에 버려지기 마련이다.

그 당음지가 죄수를 인계받기 위해 몸소 형당 밖으로 나왔다는 건 지극히 이례적인 일이었다.

장팔봉이 잔뜩 낯을 찌푸리고 귀면탈혼 당음지를 노려보았다.

이곳에 오기까지 칙사 대접을 받았던 게 몸에 배어 있는 그였다.

한껏 오만하고 도도해져 있던 터라 당음자의 호통이 아니꼽고 눈꼴시기만 하다.

'이것들이 데려올 때는 간이라도 빼줄 것 같더니 총단에 도착하자마자 태도가 싹 변하는구나. 역시 이래서 마도를 걷는 것들은 겉 다르고 속 다른 음흉한 놈들이라고 하는 게야.'

"뭘 꾸물거리냐? 빨리빨리 움직이지 못해!"

당음지가 눈을 부릅뜨며 호통 치지만 장팔봉은 느물거리기만 했다.

"이놈이!"

기어이 당음지가 다가와 장팔봉의 어깨를 움켜쥐었다. 그대로 떠밀어 자빠뜨리려는 건데, 그 순간을 노리고 있던 장팔봉의 주먹이 빨랐다.

빽!

마른 박이 깨지는 것 같은 요란한 소리가 당음지의 턱에서 터져 나왔다.

"어? 어? 저거!"

히죽거리며 지켜보던 자들이 입을 딱 벌렸을 때, 불의의 일격을 당한 당음지는 천천히 뒤로 넘어가고 있었다.

퍼억!

그런 당음지의 옆구리에 다시 장팔봉의 발끝이 사정없이 틀어박혔다.

"커헉!"

당음지가 한소리 답답한 신음을 흘리며 나뒹군다.

누가 말릴 새도 없이 그것을 쫓아가며 발길질을 해대는 장팔봉의 기세가 범이라도 때려잡을 듯했다.

"개자식이 어디에 함부로 손을 대!"

픽! 픽! 픽!

당음지의 온몸에 장팔봉의 무지막지한 발길질이 떨어질 때쯤에야 사태를 파악한 자들이 일제히 몸을 날려 덮쳐들었다.

콰앙!

한 놈이 멀리서 뿌린 일장의 내가장력에 등짝을 격타당한 장팔봉의 몸이 붕 떠올랐다가 대전 기둥에 세게 부딪치고 떨어졌다.

꼼짝하지 못하고 끙끙거린다.

$*$　　　　$*$　　　　$*$

"일단 형당 내의 뇌옥에 수감해 두었습니다."

"흘흘, 오자마자 한바탕 난리가 났었다면서?"

"그렇습니다. 집법사령 당음지가 초반에 기세를 제압하려는 생각으로 겁을 좀 주려고 했다가 오히려 호되게 당한 모양입니다."

"흐흐, 재미있는 놈이야. 그렇지 않나?"

"그, 그게 좀… 재미있다고 보면 그럴 수도 있겠지만 이건 좀……."

"왜?"

"일단 그자에게는 내공이 거의 없다는 게 확인되었습니다. 타고난 완력이 있을 뿐인데… 그 정도의 완력을 가진 자는 저자의 뒷골목에만 가도 수두룩하게 찾아볼 수 있습니다. 풍향사의 군주라는 자리가 비록 책략을 주로 하는 문사에게 적합한 자리라고는 해도 그런 자가 군주라는 건 아무래도 미덥지가 못합니다."

"자네도 다른 사람들과 똑같이 말하는군."

"예?"

"그놈이 풍운조의 조장이었다고 했지?"

"그렇습니다."

"그 풍운조가 제삼천인 마환천의 전위부대를 괴롭힌 게 여러 차례였다던대?"

"그렇습니다. 마환천주 도적성이 그것 때문에 화가 나서 애꿎은 수하 여러 명을 때려죽이기도 했습지요. 그놈 목에 현상금을 걸기도 했답니다."

"단순한 완력만 지닌 놈이 어떻게 그처럼 훌륭하게 싸울 수 있었을까? 그것도 마환천의 최전방 공격조들을 상대로 해서 말이야."

"그게 좀……."

"무언가 다른 게 있는 거야. 그렇지 않으면 무림맹주가 뇌물을 먹고 그놈을 풍향사의 군주 자리에 앉혔겠는가?"

"그럴 리는 없습지요. 아무리 뇌물을 준다고 해도 무림맹의 모든 걸 들여다보는 요직에 그런 자를 앉혔을 리가 없습니다."

"그리고 새로 무림맹주에 선출된 남천검왕 사자성은 대쪽 같은 성품에 명예를 목숨보다 중시하는 전형적인 정도의 대협이라고 들었다."

"그렇습니다."

"그런 자가 뇌물에 혹했을 리도 없지."

"……."

"그렇다면 그 안에는 분명 무언가 우리가 파악하지 못한 사정이 숨겨져 있는 게 분명해."

"그것을 알아내도록 하겠습니다."

마밀천주인 은형비월 맹달이 깊이 머리를 숙이고 물러났다.

이 시대의 절대마종인 거령신마. 그의 입가에 한 가닥 신비한 미소가 떠올랐으나 이내 사라져 버리고 특유의 무심한 얼굴로 돌아왔다.

*　　　*　　　*

퍽! 퍽! 퍽!

형당 지하의 뇌옥 안에 몽둥이로 젖은 포대 자루를 힘껏 두드리는 것 같은 소리가 울려 퍼졌다.

꿍꿍거리는 낮은 신음이 간간이 뒤섞인다.

십여 명이 누울 수 있을 만한 석실 안이었다.

사방에 검은 얼룩이 져 있었는데, 튀어서 달라붙었던 피가 굳어 변색된 것이다.

비릿한 피 냄새가 배어 있는 음침한 그 석실 안에서 매타작이 계속되고 있었다.

무려 한 시진 가까이 그렇게 쉬지 않고 두드려 패고 있는 것이다.

중앙에 박혀 있는 쇠기둥에 한 사람이 벌거벗은 채 매달려 있었다.

장팔봉이다.

그의 근육으로 뭉쳐진 울퉁불퉁한 몸은 차마 눈뜨고 볼 수 없게 짓이겨져 있었다.

온몸의 살이 찢기고 터져 나간 자리에서 시뻘건 선혈이 줄줄 흘러내려 발아래의 웅덩이에 고였다.

때리는 사람이 지치면 잠시 쉴 여유가 생긴다.

그러면 장팔봉의 몸뚱이에 차가운 술이 뿌려졌다.

도수가 높은 백주였으므로 그것이 터지고 갈라진 살갗에 흘러들면 몽둥이로 맞을 때보다 더한 고통이 파고들었다.

아무리 의지가 굳고 고집이 센 장팔봉이라도 그것만은 참기 힘들었다.

이가 갈리고 신음이 절로 새어 나온다.

때리는 사람은 당음지였다.

그의 얼굴은 보기 흉하게 부어터져 있었는데, 장팔봉에게 맞은 결과였다.

당음지는 그 복수를 하고 있는 중이었다. 그래서 몸소 몽둥이를 잡고 지치면 쉬어가며 한 시진 동안이나 두들겨 댄 것이다.

하지만 장팔봉의 몸뚱이는 믿어지지 않을 만큼 단단했다.

그리고 그의 참을성은 그것보다 더 믿어지지 않았다.

그런 고통을 당하면서도 비명 한마디 지르지 않고 있었던 것이다.

백주가 뿌려져야 비로소 끄응, 하고 낮은 신음을 흘리며 몸을 뒤틀 뿐, 온몸에 떨어지는 몽둥이질에는 끄덕도 하지 않았다.

당음지가 헉헉거리며 가쁜 숨을 내쉬면 오히려 비웃었다.

흐흐흐, 하고 낮은 음소를 흘리는 건데, 그러면 그 끔찍한 몰골과 함께 듣는 사람의 등줄기를 서늘하게 하는 귀기가 느껴졌다.

당음지가 다른 고문 도구를 다 팽개치고 몽둥이를 택한 건 손맛 때문이었다.

그걸로 두드릴 때에야 제대로 묵직하고 짜릿한 손맛을 느낄 수 있기 때문이다.

하지만 그 즐거움도 오래가지 못했다.

당음지는 이제 때리는 제가 더 고통스러운 지경이 되었다.

어지간한 놈이라면 벌써 곤죽이 되어 늘어졌거나 뒈져 버렸을 텐데, 장팔봉은 그렇지 않다는 것도 지겨운 일이었다.

생각 같아서는 단번에 머리통을 힘껏 후려쳐서 죽여 버리고 싶지만 그럴 수 없다는 게 당음지를 더 고통스럽게 했다.

놈을 죽여서는 안 되는 것이다.

죽지 않을 만큼만 때리는 게 이토록 힘들고 고달프며 지겨운 노동일 줄이야.

"버, 벌써 지친… 거냐……?"

쇠사슬에 매달려 있는 장팔봉이 웅얼거렸다.

"흐흐흐, 나, 나는… 아직… 견딜 만해. 그러니 더 때려라. 흐흐흐—"

"이런 죽일 놈 같으니!"

빠드득 이를 갈지만 당음지는 지치고 지겨워서 더 이상 몽둥이질을 할 맛이 달아나고 없었다.

그래도 아직 포기하지 않는 건 오기 때문이었다.

그는 장팔봉과 싸우고 있는 것이다.

장팔봉에게 절대적으로 불리한 싸움이다.

장팔봉이 다시 말했다.

어느새 말투마저 또렷해져 있는 것이 정신은 여전히 멀쩡하다는 증거였다.

"너는 치사한 놈이다. 이렇게 묶어놓지 않고서는 개새끼 한 마리도 때리지 못할 비겁한 놈이야."

"뭐라고?"

"그렇지 않다면 정정당당하게 한판 붙어보자. 과연 네놈이 그때도 나를 이렇게 때릴 수 있는지 말이야."

"정정당당하게라고?"

"그래, 이 개 후레자식아. 너도 불알 달린 사내새끼라면 이따위 치사한 짓은 그만두고 남자 대 남자로 한판 붙어보잔 말이야. 이렇게 묶어놓고 때리니까 재미 좋으냐, 개자식아? 퉤!"

피와 가래가 반반 섞인 걸쭉한 침이 제 가슴에 척 달라붙는 데는 더 참을 수가 없었다.

"풀어! 저 새끼를 풀어!"

당음지가 악에 받쳐 마구 소리쳤다.

한쪽 구석에서 눈치만 보던 옥졸들이 머뭇거린다.

"저 새끼를 풀어주란 말이야! 남자 대 남자로 붙어보자고? 좋다! 원하는 대로 해주지! 어서 풀지 못해!"

옥졸들이 달려들어 장팔봉을 풀어주었지만 그는 제 혼자의 힘으로는 설 수도 없을 만큼 망가져 있었다.

개처럼 엎드린 채 핏발 선 눈으로 노려보며 이를 부드득부드득 갈아댄다.

몽둥이를 내던진 당음지가 주먹 마디를 우두둑 꺾으며 스산하게 말했다.

"자, 소원대로 풀어줬으니까 한번 덤벼봐. 사내답게 일 대 일로 하는 거다."

"역시 비겁한 개새끼로군. 흐흐, 지금 내 꼴을 보니까 자신감이 생기냐? 나 같은 건 열 명이 덤벼도 한주먹에 때려죽일 수 있겠지?"

"이 죽일 놈이!"

당음지가 와락 달려들며 발길질을 날렸다.

하지만 그는 멈칫하고 장팔봉의 얼굴 바로 앞에서 발끝을 멈출 수밖에 없었다.

피할 생각도 하지 않고 잡아먹을 듯 노려보고 있는 장팔봉의 눈을 보았기 때문이다.

"왜? 한번 신나게 걷어차 보지? 나는 제대로 움직일 수도 없으니까 네놈 마음대로 때리고 찰 수 있을 것 아니냐? 치사하고 더러운 비겁한 새끼 같으니."

장팔봉이 다시 이를 부드득 갈아대고 말했다.

"너도 내 꼴이 되도록 흠씬 두들겨 맞든지, 아니면 내가 완전히 회복된 다음에 붙어야 그게 정정당당한 싸움이 되지 않겠어?"

"……."

"하지만 너, 비겁하고 치사한 개자식에게는 그런 용기가 없겠지. 그저 사람을 묶어놓고 두드려 패는 데에만 익숙해져 있으니까 말이야."

"……."

"그러니 너는 세상에서 가장 비겁한 겁쟁이다."

이제는 당음지가 부드득 이를 갈았다. 지독한 모욕감과 분노 때문에 치가 떨리는 것이다.

"좋다! 네 말대로 해주지! 그런 다음에 패 죽여 버릴 테다! 이 새끼를 독방에 처넣어! 그리고 치료해 줘라!"

당음지가 버럭 소리치고는 쿵쿵거리며 석실을 나갔다.

*　　　*　　　*

무려 이틀 동안이나 의식불명으로 앓았고, 겨우 깨어나서는 닷새 동안이나 치료를 받아야 했으며, 그 후로도 다시 닷새 동안 정양하며 기력을 회복해야 했다.

그러는 동안 당음지는 수시로 장팔봉이 갇혀 있는 독방에 찾아와 철창 안으로 들여다보며 재촉했다.

하지만 아직 장팔봉의 몸이 완전해지지 않았으니 참을 수밖에 없었다.

그에게서 비겁한 개새끼라는 소리를 듣고 싶지 않았기 때문이다.

장팔봉이 몸을 완전히 회복하여 이전처럼 움직일 수 있게 되기까지는 그로부터도 다시 열흘이 지났다.

독방 안에서 무려 이십 일이 넘도록 치료를 받아야 했던 것이니 당음지가 얼마나 호되게 때렸는지 알 수 있다.

그날, 장팔봉이 부지런히 팔다리를 움직이고 허리를 비틀어서 제 몸 상태를 점검해 보고 있는데 당음지가 다시 찾아왔다.

"어때? 이제는 다 나았겠지?"

"기다려."

"뭘 더 기다려? 자, 나와라. 이제 정정당당하게 붙어보는 거다."

"기다리라니까."

"……."

"너 같으면 지독한 부상에서 이제 막 회복되었는데 원래의 전력을 금방 되찾을 수 있겠냐? 원래의 능력을 십분 발휘해서 싸울 수 있겠어?"

"……."

"보다시피 나는 이제야 마음대로 몸을 움직일 수 있게 되었다."

보라는 듯이 이리저리 몸을 비틀고 팔다리를 흔들어 보이다가 인상을 찡그렸다.

"봐. 아직 완전하지 않다. 원래의 상태로 완벽하게 회복하려면 운동 기간이 필요해. 굳어진 근육과 뼈마디들을 풀어주고, 팔과 다리에 다시 힘이 붙을 때까지 기다려."

"또 기다리라고?"

"열흘이면 될 거다. 물론 네가 하기에 따라서 더 길어질 수
도 있고 짧아질 수도 있겠지."

"내가 하기에 따라서?"

"너 때문에 많은 피를 흘렸고 원기를 크게 상했으니 그 열흘
동안 몸보신을 시켜줘야 할 것 아니겠어? 보약도 지어와라. 맛
있는 음식도 넣어주고."

"좋다. 원하는 대로 해주지. 하지만 열흘이다. 더 이상은 참
지 않겠어."

"좋아, 열흘 뒤에 사나이 대 사나이로서 화끈하게 붙어보는
거야. 과연 네가 나를 이길 수 있을까? 흐흐흐—"

느물거리며 비웃는 장팔봉을 잡아먹을 듯 노려보던 당음지
가 씩씩거리고 돌아섰다.

제 주먹으로 장팔봉을 깨뜨려서 더 이상 비겁한 개새끼라는
말을 듣지 않겠다고 작정한 당음지였다.

어쩔 수 없이 열흘 동안 장팔봉에게 보약을 지어주고 기름
진 음식을 가져다 줄 수밖에 없었다.

그런 다음에 때려 죽여 버리겠다고 단단히 작정하고 있는
데……

*   *   *

"언제까지 저 엉뚱한 짓을 구경만 하고 계실 생각이십니까?"

마밀천주인 은형비월 맹달이 불만 어린 얼굴로 말하자 거령신마가 빙긋 웃었다.

"그러니까 집법사령인 당음지가 그놈의 종처럼 되어버렸단 말이지? 그러면서도 스스로는 조금도 그런 사실을 깨닫지 못하고 있다는 거지?"

"그렇습니다. 참 나, 어이가 없고 기가 막히는 일입니다. 그놈은 형당의 뇌옥 안 독방에 편하게 누워서 배불리 처먹고 마셔대며 빈둥거리는데, 이건 죄수가 아니라 휴양지에 놀러온 풍류공자 꼴이 뭡니까? 뇌옥이 생긴 이래 이런 일은 처음이라 얼떨떨하기도 합니다."

"재미있는 놈이군."

"하루빨리 족쳐서 알고 있는 비밀을 다 털어놓게 해야 하지 않을까요?"

"놔둬봐."

"예?"

"흐흐, 그놈의 그릇이 과연 어느 정도인지 궁금해졌다. 그걸 알아보는 것도 중요한 일이 될 거야."

그러더니 머리를 갸웃거렸다.

"그런데 과연 그놈이 당음지를 이길 수 있을까? 아니, 당음지가 그놈과 싸우게 될까?"

"예?"

맹달은 거령신마의 중얼거림을 이해할 수 없었다.

마도종사이면서 절대지존인 이 거인의 흉중에 어떤 생각이 들어 있는 건지 궁금해진다.

거령신마가 재미있다는 듯 빙긋 웃었다.

"어때? 우리 내기를 해볼까?"

第七章

드디어 지옥으로

鳳鳴刀
봉명도

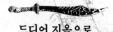

드디어 지옥으로

"그래서?"

"그래서는 무슨, 그냥 조진 거지."

"너 혼자서 백 명을 말이냐?"

"그럼 데리고 있던 놈들이 죄다 뒈져 버렸는데 다른 수가 있
겠어?"

"에라, 이놈아. 믿을 만한 거짓말을 해라."

"이래 봬도 나는 거짓말을 불구대천의 원수로 여기는 사람
이다. 가서 마환천주에게 물어봐라. 그때 마환천의 선발대가
어떻게 뭉개졌는지. 아마 마환천주 그 양반이 이를 박박 갈아
댈걸?"

"……."

"물론 나 혼자서 그 백 명을 죄다 쳐 죽인 건 아니지. 그냥 들이쳐서 한 스무 놈 남짓 골로 보내 버리고 튀었다. 그것만으로도 대단하지 않으냐? 너 같으면 그런 상황에서 그렇게 할 수 있겠어?"

"……."

일백 명의 적이 쳐들어오는데 단신으로 그 속에 뛰어들어 칼을 휘두르고 무사히 몸을 빼 나오는 게 결코 쉬운 일이 아니라는 건 누구나 안다.

더 어려운 일은 그런 상황에서 그처럼 무모한 용기를 낸다는 것이다.

장팔봉을 째려보면서 당음지는 저도 한번 그와 같은 용맹과 위용을 뽐내보고 싶다는 충동을 느꼈다.

그는 마도의 고수이지만 아직 한 번도 무림맹과의 싸움에 나서본 적이 없었다. 그래서 장팔봉의 무용담을 듣는 동안 몸이 근질거리고 피가 끓어올랐다.

'나도 천주에게 청원서를 올려서 보직을 바꿔달라고 해야겠다. 최일선에서 선봉으로 나가 싸워보고 싶어. 그게 사나이로 태어나서 한 번쯤 해봐야 할 멋진 일 아니겠어?'

그런 생각이 들어 마음이 들떴다.

자신도 칼 한 자루를 휘두르며 무림맹의 공격대 속으로 뛰어들어 마음껏 휘저어보고 싶어졌던 것이다.

괴성을 지르며 미친 듯 칼을 휘두르고, 적의 피를 흠뻑 뒤집어쓴 채 악귀처럼 싸우다가 무사히 빠져나온다면 그 얼마나 통쾌할 것인가.

　노릇노릇하게 구워진 오리고기를 으적으적 뜯고 있는 장팔봉을 바라보는 그의 눈에 부러움이 커졌다.

　장팔봉이 약속했던 열흘 중 셋째 날이었다.

　다섯째 날.

　"이런, 이런, 멍청한 놈 같으니. 여자를 그렇게 다루는 놈이 그래 세상천지에 어디 있단 말이냐?"

　"그러면 안 되는 거였나?"

　"말이라고 하는 거냐? 이 육시랄 놈아, 내가 그 여자의 오빠나 아버지였다면 여기까지 쫓아와서라도 너를 패 죽여 버렸을 거다."

　"그래도 서로 좋아서 한 건데……."

　"좋아서 한 건데 여자가 그렇게 앙탈을 떨었어? 그리고 목매달았다면서?"

　"그거야 생각지 않게 애가 생겼으니까……."

　"이 죽일 놈 같으니. 책임질 일을 했으면 책임을 져야지 비겁하게 도망쳐?"

　"도망친 거 아니다. 그때 무림맹과의 전쟁이 시작되어서 급히 소집당했으니 어쩔 수 없었던 거야."

　"시끄러! 치사하게 변명 같은 거 하지 마! 그리고 그건 겁탈이지 서로 좋아서 했다고 하는 게 아니다."

"......"

"자고로 여자를 다룰 때는 말이지."

"다룰 때는?"

"커흠, 술 더 없냐?"

그 말에 당음지가 즉각 뇌옥의 통로 저쪽에 대고 소리쳤다.

"뭐 하고 있는 거냐? 가서 백주 한 단지 더 가지고 와! 열 셀 때까지 안 오면 오늘 다 죽는다! 하나! 둘―!"

우당탕거리고 달려가는 발소리가 들리더니 과연 열을 세기 전에 옥졸이 백주 한 단지를 안고 숨을 헐떡이며 뛰어들어 왔다.

건네받기 무섭게 냉큼 봉지를 뜯고 꿀꺽꿀꺽 마셔댄 장팔봉이 불쑥 술 항아리를 내밀었다.

"캬― 좋다. 너도 마셔봐라."

"근무 중인데......"

"염병."

눈을 흘긴 장팔봉이 어깨를 우쭐거렸다.

"나는 말이지, 아무리 많은 마졸들이 코앞에 쳐들어와도 한 단지의 술을 마셔댔다. 그걸 다 마시기 전에는 절대로 싸우지 않았어. 목에 칼이 들어와도 모른 척했지."

"그랬어?"

"그걸 다 마시고 단지를 던져서 깨뜨리면 그때부터 싸움이 시작되는 거야. 쨍그랑, 하고 단지 깨지는 소리가 바로 '나 이제 준비됐다. 너희들은 다 죽었어. 각오해!' 라고 하는 선전포

고의 소리거든."

"……!"

"그리고 그냥 들이치는 거야. 죽기 아니면 살기지. 어차피 내던져진 인생인데 뭐 있겠어?"

"그, 그랬어?"

당음지가 홀린 듯이 장팔봉을 바라보며 마른침을 삼켰다. 그러더니 저도 술 항아리를 들어 꿀꺽꿀꺽 마셔댄다.

"자, 이것도 좀 뜯어봐. 아주 맛이 좋다."

장팔봉이 내미는 닭다리를 받아 들더니 기세 좋게 뜯었다.

제 옷자락에 기름 묻은 손을 쓱쓱 문질러 닦은 당음지가 간절한 얼굴로 장팔봉을 바라보았다.

"이제 말해봐라. 여자를 다룰 때는 어떻게 해야 하는 거지? 너는 경험이 많은 것 같은데 나한테도 그 비결을 가르쳐 줘."

"그러지, 뭐."

당음지가 바짝 다가앉아 꿀꺽 침을 삼킨다.

거들먹거리는 장팔봉을 바라보는 눈이 매우 반짝이고 있었다.

"여자란 자고로 복잡하기 짝이 없는 존재거든. 남자하고는 생리 구조뿐 아니라 사고방식 자체가 달라. 그러니 우격다짐만으로는 될 수가 없지. 그래서……."

"그래서?"

그날 두 사람은 여자에 대한 강의와 토론으로 시간 가는 줄 모르다가 엉망으로 취해 쓰러졌다.

당음지로서는 독방 안에서 쥐똥 냄새를 맡으며 죄수처럼 쪼그리고 잠을 자보는 게 처음이었다.

여덟째 날.

"쯧쯧, 너도 불쌍한 놈이었구나. 홀어머니 슬하에서 컸다니 고생이 오죽했겠어."

"우리 어머니가 나 키우느라고 고생 엄청하셨다. 그때를 생각하면 지금도 마음이 아파."

술기운 탓인지 몰라도 당음지의 눈가가 촉촉하게 젖어들고 있었다.

장팔봉이 그의 어깨를 토닥거려 주며 심각한 얼굴로 위로한다.

"그래도 넌 효자다. 결국 그 나쁜 호랑이새끼를 때려잡아서 어머니의 복수를 해드렸잖아."

"그러면 뭐 하겠어? 훌쩍! 어머니는 다시 살아 돌아오실 수 없는데. 훌쩍!"

"아니, 네가 이렇게 어머니를 그리워하고 있다는 걸 저승에서도 아실 거야. 그러면 '어이구, 내 새끼' 하면서 흐뭇해하실 거다. 그러니 언제든 어머니의 그 따뜻함을 잊지 말고 항상 생각해. 살인을 할 때도 생각하고, 빌어먹을 죄수 새끼를 두드려 팰 때도 생각해라. 그게 돌아가신 분에 대한 효심이라는 거야."

"홀쩍! 고마워. 나를 이해하고 위로해 주는 사람은 너뿐이구나. 홀쩍!"

그러는 동안 처음에 약속했던 열흘이 홀쩍 지나갔다.

장팔봉은 피둥피둥 살이 올랐고, 형당의 뇌옥에 갇히기 전보다 오히려 더욱 건강해졌다.

그러니 이제 싸워야 한다.

"내가 너를 때릴 수 있을까?"

마주 선 당음지가 풀 죽은 얼굴로 힐끔힐끔 장팔봉의 눈치를 보면서 그렇게 중얼거렸다.

장팔봉의 얼굴에도 안타까워하는 기색이 가득하다.

그가 울먹이며 말했다.

"그동안 즐거웠다. 너는 참 좋은 놈이었어. 내가 그걸 모르고 너에게 마구 욕을 했던 게 후회된다. 지금 사과할게."

"아니, 그때는 나라도 그랬을 거야. 내가 오히려 미안하다. 우리는 좋은 친구가 될 수 있었을 텐데 그럴 수 없게 만드는 이런 운명이 정말 싫어."

"그런데 우리 정말 싸워야 할까?"

"꼭 그래야 할 필요 없겠지? 그렇지?"

두 사람이 동시에 그렇게 말했다.

물끄러미 마주 보더니 씩 웃고 와락 달려들어 서로를 부둥켜안는다.

그렇게 싸움이 끝났다.

　　　　*　　　*　　　*

　"흘흘, 내가 이겼지?"

　"……."

　일이 이렇게 되어버릴 줄 몰랐던 맹달로서는 할 말이 없었
다.

　애지중지 여기던 패옥 노리개를 꺼내 거령신마의 서탁 위에
올려놓는 손길이 바르르 떨렸다.

　'멍청한 놈. 그새 정에 끌려서 본분을 망각해 버리다니. 그
놈도 이제는 용도 폐기할 때가 된 거야.'

　마음속에 귀면탈혼 당음지에 대한 분노가 들끓었다.

　그렇게 지독하고 모진 마음을 가졌던 놈이 불과 열흘 사이
에 장팔봉에게 넘어가 흐물흐물해져 버렸다는 게 믿을 수 없
는 일이기도 했다.

　다음날로 당음지는 형당 집법사령의 보직에서 해임되어 마
계 제이천인 마환천으로 전속되었다.

　원하던 대로 최일선에서 싸우는 선봉대의 일원이 된 것이
다.

　"더 호되게 고문해야 하지 않을까요?"

　마밀천주 맹달이 재촉하지만 거령신마는 머리를 가로저을
뿐이었다.

"그래서는 소용없어. 그놈은 차라리 죽으려고 할걸? 절대로 입을 열지 않을 것이다."

"하오면……."

"일단 지옥마전의 지하 뇌옥에 넣어둬."

"지옥마전에… 말씀입니까?"

"그렇다."

"하지만 왠지 그건 마음에 내키지 않는군요."

"어째서?"

"어쩌면 그놈이 순순히 잡혀온 건 바로 그것 때문인지도 모른다는 생각이 들어서입니다."

"뇌옥에 들어가기 위해서란 말이지?"

"그렇습니다. 짐작일 뿐이지만 왠지 꺼림칙합니다."

"흘흘, 그렇다면 놈이 그 안에서 무슨 짓을 하는지 지켜보면 알 수 있겠군. 힘들게 고문할 필요도 없으니 더 잘된 일이야. 그렇지 않은가?"

말은 부드럽게 하고 있었지만 거령신마의 눈은 차갑게 가라앉아 있었다.

패천마련의 뇌옥은 지옥마전(地獄魔殿)이라는 곳에 있다.

한 번 들어가면 죽을 때까지 나올 수 없는 곳으로도 악명이 높은 곳이다.

패천마련이 생긴 이래 지금까지 몇 명이나, 누가 그곳에 갇혔는지 알려진 바는 없었다.

하지만 한 명도 그 안에서 살아나온 자가 없다는 건 온 세상이 다 알았다.

탈옥을 한 자는 더더욱 그렇다.

누구도 알지 못하는 또 다른 지하의 세상.

땅 위의 세상과는 철저하게 분리되어 있기에 더욱 신비롭고 끔찍한 상상을 불러일으키는 지옥이 바로 그곳이었다.

그날, 장팔봉이 그 지옥마전을 향해 나아가는 그날은 하늘이 잔뜩 흐렸다.

짙은 먹장구름을 뚫고 날카로운 번갯불이 번쩍이더니 천지가 진동하는 뇌성벽력이 터졌다.

기어이 장대 같은 비가 쏟아진다.

한밤중인 것 같은 어둠이 대신의가산을 함몰시켰다.

패천마련의 총단도 비의 장막에 가려 버렸고, 어둠에 가라앉아 버렸다.

그 속을 뚫고 이십여 명으로 이루어진 행렬이 느릿느릿 걸어가고 있었다.

장팔봉과 그를 뇌옥까지 호송하는 형당의 고수들이다.

행렬을 이끌고 있는 자는 형당의 당주인 호뢰혈검(護牢血劍) 이가악(李加岳)이었다.

그가 직접 죄수를 호송하는 일은 패천마련이 생긴 이래 두 번째인데, 첫 번째는 무림맹주였던 절대무제 적무광을 뇌옥으로 이송할 때였다.

콰아아아—

앞이 보이지 않을 정도로 퍼부어대는 빗속을 검은 옷을 입은 그들이 천천히 걸어 나아갔다.

저승사자의 행렬 같아 보인다.

장팔봉의 두 손과 발에는 쇠사슬로 연결된 수갑과 족쇄가 채워져 있었다. 그래서 그가 걸음을 떼어놓을 때마다 쩔그렁거리는 소리가 음산하게 울렸다.

그는 검은 옷을 입고 검은 두건을 모자처럼 눌러써서 얼굴마저 보이지 않았다.

고개를 푹 숙인 채 느릿느릿 걷고 있다.

앞뒤에서 그를 호송하고 있는 형당의 고수들도 모두 검은 옷을 입고 있었다.

두건을 쓰지 않았다는 것만 빼고는 장팔봉과 똑같은 복장이다.

짜자자작―

콰앙―!

머리 위에서 번개가 번쩍이더니 곧 천지가 무너질 듯한 굉음이 터져 나왔다.

커다란 오동나무가 벼락에 맞아 쩍 벌어졌다. 그 폭우 속에서도 불이 붙어 활활 타오른다.

패천마련의 형당에서 뇌옥까지는 십 리 남짓한 거리였는데, 그 거리가 마치 천 리는 되는 것처럼 아득하게 느껴지는 날씨였다.

하늘마저 장팔봉이 지옥에 떨어지는 걸 슬퍼하고 노여워하는 것 같았다.

쾅아아—

쩔그렁—

하늘에 구멍이 뚫리기라도 한 것처럼 쏟아지는 폭우 소리와 그것을 뚫고 느릿느릿 들려오는 쇠사슬 끄는 소리.

그것이 묘한 부조화를 이루며 음산한 기운을 더욱 커지게 했다.

그렇게 산모퉁이를 돌자 저만큼 어둠 속에 우뚝 서 있는 거대한 전각이 보였다.

지옥마전이다.

지옥의 입구인 것이다.

*   *   *

"이름은?"

"장팔봉."

"소속."

"무림맹 풍향사."

"직위."

"군주."

명부를 작성하던 자가 붓을 멈추고 힐끔 바라보았다. 믿지 않는 눈치다.

그가 믿든 그렇지 않든 장팔봉에게는 아무 상관 없는 일이었다.

어서 뇌옥에 처박아주었으면 좋겠다는 생각으로 매섭게 노려본다.

그자, 지옥마전의 판관이 장팔봉을 호송해 온 호뢰혈검 이가악을 바라보았다.

이가악이 힘주어 말한다.

"틀림없소."

"그래?"

머리를 갸우뚱거린 지옥판관이 다시 붓을 놀렸다.

"죄목."

"그런 거 없다."

"응?"

"감히 패천마련에 대항하고 마종을 모욕한 죄올시다."

곁에서 지켜보단 이가악이 장팔봉을 대신해서 재빨리 대구해 주었다.

장팔봉은 그가 뭐라고 지껄이든 상관하지 않았다. 어서 빨리 이 귀찮은 절차가 끝났으면 좋겠다는 생각뿐이다.

탁!

소혼명부(消魂名簿)를 덮은 지옥판관이 벌떡 일어났다.

"이걸로 확실하게 인수했소."

"이걸로 확실하게 인계했소이다."

호뢰혈검 이가악이 기쁜 얼굴로 재빨리 말하고 바람 소리가 나도록 돌아섰다.

한시라도 빨리 이 끔찍한 곳을 떠나고 싶기만 한 것이다.

그들이 사라지고 나자 지옥판관은 잠시 고민에 빠졌다.

'이놈을 어떤 문으로 들여보내지?'

지옥으로 떨어뜨리는 문이 모두 네 개인데, 일이 있을 때마다 지옥판관이 어떤 문을 열 것인지 결정했다.

세 개의 문은 그동안 심심찮게 열렸다. 하지만 한 개의 문은 패천마련이 결성된 이후 한 차례도 열린 적이 없었다. 처음 지옥마전을 세웠을 때 초대 전주의 명령이 그 문은 열지 말라는 것이었기 때문이다.

하지만 벌써 오십여 년 전의 일이고, 그동안 세 명의 전주와 다섯 명의 지옥판관이 부임했었다.

초대 전주가 왜 그런 엉뚱한 명령을 내렸는지 아무도 아는 자가 없다. 기억하고 있는 자도 드물다.

전임자들로부터 그 한 개의 문은 열지 말라는 말이 이어지고 있었지만 업무를 인수인계할 때의 절차 같은 것에 불과했다.

이제는 지옥마전의 누구도 그것에 중요한 의미를 두지 않는다.

'그 문이 제대로 열리기나 할지 몰라. 이런 기회에 한번 시험해 보는 것도 나쁘지 않겠지.'

그래서 지옥판관은 그렇게 결정했다.

잠깐 열었다 닫는다고 위에서 큰 문책이 내려올 것도 아니다.

만약 고장이라도 났다면 고쳐야 하지 않겠는가.

"초열지옥문이다. 데려가!"

지옥판관이 소리치자 울퉁불퉁한 근육질의 마졸 네 명이 쿵쿵거리며 달려왔다.

양쪽에서 장팔봉을 붙잡더니 사정없이 끌고 간다.

지금까지의 경험으로 보면 이 과정에서 백이면 백 모두 발악을 하거나 울고불고 생난리를 쳤다.

그래서 지옥판관은 장팔봉이 한바탕 소란을 피울 것이라 여기고 있었는데, 그의 예상은 한참 빗나갔다.

쿵쿵쿵—

끌고 가는 마졸들보다 장팔봉이 오히려 더 씩씩하게, 더 빨리 달려가고 있었던 것이다.

그를 붙잡고 있는 마졸들이 그에게 끌려가고 있는 것 같다.

눈을 휘둥그레 뜨고 그 모습을 지켜보던 지옥판관이 머리를 설레설레 흔들었다.

"저건 미쳐도 보통 미친놈이 아니었군. 쯧쯧."

초열지옥문(焦熱地獄門)은 거대한 암석에 입을 쩍 벌리고 있는 마귀의 얼굴을 새겨놓은 곳이었다.

어찌나 정교한지, 살아 있는 것 같은 착각이 들 정도였다. 보기만 해도 오금이 저려온다.

그 마귀의 동굴처럼 뻥 뚫려 있는 입 안이 온통 활활 타오르는 불길로 이글거리고 있다.

그 너머에 시커먼 허공이 뻥 뚫려 있었다. 마귀의 목구멍이라고 해야 하리라.

그그그궁—

기관을 작동하자 철제 계단이 쇠사슬에 매달려 마귀의 목구멍 아래로 기울어졌다. 뱃속으로 들어가는 외길인 셈이다.

도대체 몇 계단이나 되는 건지 끝이 보이지 않는다.

불타고 있는 마귀의 입 안을 벗어나야 비로소 계단을 내려갈 수 있는데, 그곳까지의 거리가 족히 이십여 장은 되어 보였다.

온통 시퍼런 불길로 휩싸여 있다.

초열지옥문 앞에 우뚝 선 장팔봉이 턱짓으로 그곳을 가리켰다.

'저곳을 지나가야만 하는 거냐? 불이라도 좀 꺼주면 안 되겠어?' 하고 묻는 것이다.

생긴 것도 악귀 나찰처럼 생겨먹은 마졸들이 눈을 부라렸다.

"음!"

어서 들어가라고 역시 턱짓으로 지시한다.

장팔봉이 무섭게 인상을 쓰며 다시 턱짓을 했다.

맨몸으로 저곳을 지나가라니 미친 거 아니냐고 묻는 것이다.

다 지나가기도 전에 불에 타 죽어버릴 것만 같았다.

"음!"

마졸이 조금 전보다 더 크게 을러대며 턱짓을 했다.

뒈지거나 말거나 그건 네 일이니 알 바 없다는 뜻이다.

"파하!"

장팔봉이 탄식했다.

달리 선택의 여지가 없다.

미친 듯이 달려 들어가야 할 것이다.

조금만 지체하거나 다리가 꼬여서 넘어지기라도 하는 날에는 그대로 불길에 휩싸여 통구이가 되어버리고 말 게 틀림없었다.

장팔봉이 머뭇거리자 뒤에 있던 놈들이 달려들어 그를 단단히 붙잡았다.

번쩍 들어 올려서 통로 안으로 던져 버리려는 것이다.

그놈들에게는 화로에 나무토막 한 개 던져 넣는 것과 다름 없을 것이다.

"놔라, 이놈들아! 내 발로 간다! 일부러 힘쓸 것 없어!"

뿌리친 장팔봉이 그놈들을 매섭게 쏘아보고는 족쇄의 쇠사슬을 쩔그렁거리며 태연히 그 불길 속으로 걸어 들어갔다.

첫 걸음이 그렇게 태연했고, 그다음부터는 누가 등을 떠미는 것도 아니지만 마구 내달리게 되었다.

온몸이 익어버릴 것처럼 뜨거운 열기에서 조금이라도 빨리 벗어나고 싶다는 생각만 가득할 뿐 다른 건 모두 잊었다.

절로 미친 듯이 달리게 되는데, 언제 이 불의 통로가 끝나나 싶은 마음만 간절했다.

그리고 막상 그것이 끝났을 때는 달려온 걸음을 멈출 수가 없었다.

쿠당탕!

그대로 가파른 철 계단 아래로 굴러 떨어져 버린다.

온몸이 부딪치고 깨지고 쩔그렁거리면서 얼마나 굴러 떨어졌는지 모른다.

도중에 의식을 잃어버렸던 것이다.

*   *   *

똑, 똑, 똑—

규칙적으로 물방울 떨어지는 소리처럼 끔찍한 건 없을 것이다.

언제부터인가 장팔봉은 깨어서 그 소리를 듣고 있었다.

그것 외에는 아무런 소리도 들리지 않는 절대의 적막 속이었다.

온몸이 얼마나 깨지고 부서졌는지 손가락 하나 까딱할 수가 없었다.

통증이 느껴지지 않는다는 게 더 심각하다는 걸 장팔봉은 잘 알고 있었다.

감각과 신경마저 마비되어 버렸을 만큼 지독한 부상을 입었다는 증거이기 때문이다.

어렴풋이 제가 가파르고 끝없는 철 계단에서 굴러 떨어졌다는 걸 기억할 뿐, 그 이후의 일에 대해서는 기억나는 게 없었다.

가까스로 눈동자만 굴려서 바라보니 음침한 동굴 안이었다.

빛이라고는 들어올 구석이 없으므로 앞이 보이지 않을 정도로 깜깜해야 정상이다.

하지만 동굴 안은 기이하게도 은은하게 밝았다. 사물을 어렴풋이 분간해 볼 수 있을 만하다.

어디에서인가 빛이 스며들어 오고 있는 게 틀림없었다.

공기마저 후텁지근하고 답답하지 않으니 환기구 역할을 하는 곳도 있다는 것이다.

그렇다면 나갈 구멍도 있을 것이다.

막다른 상황에 몰린 상태에서도 장팔봉은 우선 그런 것들에 눈길을 돌리고 관심을 가졌다.

먼저 보는 자가 이긴다는 사부의 말이 뼛속에 새겨져 있는 덕분이다.

나갈 수 있을지 모른다는 한 가닥 희망은 절망 속에서 더욱 빛났다.

주변을 살펴본 장팔봉은 지독한 적막 속에 저 혼자 버려져 있다는 걸 느꼈다.

살아 움직이는 건 아무것도 없다.

무섭기까지 한 그 고요 속에서 감각이 살아나기를 기다리며 꼼짝하지 못하고 누워 있을 수밖에 없는데, 자꾸만 크게 들려오는 저 낙수 소리 때문에 머리통이 터져 버릴 것 같았다.

얼마나 그 소리와 싸우고 있었을까, 조금씩 몸의 감각이 살아나기 시작했다. 그러자 기쁨보다 먼저 참을 수 없는 통증이 밀려들었다.

"어억! 억! 억!"

장팔봉이 입을 딱딱 벌리고 비명을 터뜨렸다.

누구라도 듣고 와서 좀 도와줬으면 좋겠다는 간절한 바람을 품지만 그럴 기미는 조금도 보이지 않았다.

똑, 똑, 똑—

규칙적으로 들려오는 빌어먹을 물방울 소리뿐이다.

파도처럼 밀려오는 고통에도 이제는 익숙해졌을 때쯤 허기가 다시 그를 괴롭히기 시작했다. 그러고 보니 형당의 뇌옥을 나오기 며칠 전부터 아무것도 먹지 못하고 있었던 것이다.

이러다가는 굶어 죽고 말겠다는 생각에 장팔봉은 이를 악물고 몸을 뒤집었다.

약간 움직였을 뿐인데도 온몸이 갈가리 찢어지는 것 같아서 몇 번이나 비명을 질러댔는지 모른다.

굴러 떨어지는 동안 수갑과 족쇄가 살을 후벼 파서 그 상처가 깊었다.

제대로 치료를 받지 못하면 얼마 지나지 않아 곪을 게 뻔하다.

그러다가 썩기 시작하면 화타나 편작이 찾아온다고 해도 가망이 없다.

장팔봉은 마음이 급하고 초조해졌다.

사명이고 뭐고 이러다가 개죽음하고 말 것만 같아 두려웠다.

사문의 명예를 드높이고 사부를 기쁘게 해드리는 것도 살아있는 다음에나 가능한 일 아닌가.

우선은 살아야 한다.

그래서 그게 장팔봉에게 가장 절박하고 긴급한 과제가 되었다.

무림맹주니 봉명도니 봉명삼절도법이니 하는 건 죄다 잊어버려도 좋은 것이다.

이를 악물고 얼마나 기었는지 모른다.

낙수 소리가 들리지 않는 걸로 보아 꽤 기어온 모양인데, 아직도 깊은 적막과 희끄무레한 어둠 속이었다.

풀무에서 뿜어져 나온 것 같은 후텁지근한 바람이 갑자기 불어왔다가는 다시 냉랭한 한기를 품은 바람이 불어오기를 거듭하고 있었다.

장팔봉은 비교적 성한 오른팔과 왼쪽 다리로 겨우겨우 몸을 끌고 밀면서 벌레처럼 꿈틀꿈틀 기어가고 있었다.

움직일 때마다 온몸에 불로 지지는 것 같은 고통이 밀려들지만 멈출 수 없다.

이런 처지에 허기까지 점점 커지니 미칠 지경이었다.

어쩌면 상처가 덧나기 전에 배가 고파서 죽을지도 모른다.

"누구 없소!"

드디어 지옥으로 179

있는 힘껏 소리쳐 보지만 평소에 소곤거리는 것보다도 미약한 음성일 뿐이었다.

끙끙거리는 신음 소리가 차라리 더 크다.

미끈미끈한 것이 손에 잡혔다. 돌이끼다.

장팔봉은 먹어도 되는 건지 아닌지 확인할 새도 없이 그걸 뜯어 입에 처넣었다.

쓰고 지독한 맛이지만 우걱우걱 씹어댄다.

입 안에 지독하게 쓴 맛이 고이더니 식도를 따라 뱃속으로 들어갔다.

그 즉시 온몸에 후끈후끈한 열기가 피어났다. 정신이 번쩍 든다.

장팔봉은 그게 저의 정신을 맑게 해주는 데 도움이 된다고 생각했다. 그래서 쓴 것을 개의치 않고 더욱 뜯어서 씹어댔다.

소가 풀을 뜯어먹듯이 무지막지하게 먹어댄다.

먹는 양이 점점 늘어났고, 그에 비례해서 몸 안의 불덩어리도 점점 커져 갔다.

이제는 그것 때문에 펄쩍펄쩍 뛸 지경이 되었다.

또 다른 고통이 밀려드니 이전의 고통은 죽은 듯 가라앉아 버렸다. 새로운 고통이 더 크고 맹렬했기 때문이다.

그래서 장팔봉은 부서지는 듯한 온몸의 아픔을 잠시 잊을 수 있게 된 대신 불덩어리가 뱃속을 태워 버리는 것 같은 고통 때문에 돌바닥을 긁어대며 뒹굴었다.

숨이 턱턱 막혀서 신음 소리조차 흘릴 수가 없었다.

그렇게 마구 뒹굴어대던 그가 풍덩, 하고 웅덩이 속으로 떨어져 버렸다.

얼음물 속으로 뛰어든 것처럼 차가웠다.

아니, 차가운 정도가 아니라 살 속으로 수많은 칼날이 파고드는 것처럼 섬뜩했다.

평소와 다름없는 몸이었다면 그 즉시 혈관이 꽁꽁 얼어붙어 버렸을 것이다.

숨을 몇 번 헉헉거리지도 못하고 얼어 죽었어야 정상인데 장팔봉은 그렇지 않았다.

뱃속을 태워 버릴 듯하던 열기가 그 음한지기를 만나자 서로의 기운을 상쇄시키기 시작했던 것이다.

한쪽으로는 시원한 기운이 밀려들면서 한쪽에서는 뜨거운 기운이 후끈후끈 몸을 달구어대니 몸뚱이의 반은 얼음 굴에, 반은 숯불이 이글거리는 화로 속에 들어 있는 것 같았다.

처음에는 그것이 장팔봉을 편안하게 했다. 음과 양의 조화가 이루어진 것 같았던 것이다. 하지만 그것도 잠시였을 뿐, 이내 그 두 개의 뜨겁고 차가운 기운이 몸 안에서 맹렬하게 부딪치기 시작했다.

장팔봉의 의지와는 전혀 상관없이 서로 누르고 지배하기 위해서 싸우기 시작한 것이다.

얼음과 불이 충돌해 으르렁대며 싸워대자 그 고통은 장팔봉이 그동안 겪어왔던 어떤 것보다 열 배는 더 지독했다.

몸뚱이가 천 조각 만 조각으로 터져 버릴 것 같은 극심한 고통과 온몸의 혈관이 토막토막 끊어지고 근육이 으깨어지는 것 같은 통증은 장팔봉에게 큰 공포를 가져다주었다.

이렇게 죽고 마는구나 하고 생각하자 모든 게 허망해졌다. 겨우 이렇게 죽으려고 여기까지 찾아왔나 하는 생각에 억울하고 분하기도 했다.

'내가 미쳤지. 싫다는 그 한마디를 못해서 결국 이 꼴을 당하다니. 제기랄.'

그런 후회가 밀물처럼 밀려들지만 이미 떠나간 배다.

급속히 부풀어 오르는 고통은 지독한 장팔봉으로서도 견딜 수 없는 것이었다. 그래서 그는 이런 상황에서 최선이라고 할 수 있는 유일한 선택을 했다. 의식을 잃어버리는 것이다.

죽을 때는 죽더라도 고통없이 죽게 되기만을 간절히 바라는 마음뿐이었던 것이다.

그때 어디에서인가 끙끙거리는 신음 소리가 들려왔다.

그것이 철벅거리는 무거운 발소리와 함께 점점 다가오고 있었다.

장팔봉은 제가 헛소리를 듣는 거라고 생각했다. 그리고 이내 죽은 것처럼 늘어져 버렸다.

第八章
지옥에서 만난 마귀들

鳳鳴刀
봉명도

지옥에서 만난 마귀들

두 사람이었다.

얼굴이 온통 수염과 머리카락으로 뒤덮여 있어서 어떤 용모인지 알아볼 수 없는 괴인들인데, 걸치고 있는 옷마저 낡을 대로 낡아 손만 대면 와사삭 부서져 떨어질 것 같았다.

드러난 살갗이 거북 등처럼 딱딱한 각질로 뒤덮여 있고, 무를 깎아놓은 것처럼 창백할 정도로 희어서 더욱 괴기해 보였다.

키가 작고 통통한 사람과 키가 크고 마른 사람이었다.

비틀거리고 있는 것이 부상을 입은 게 틀림없었다.

키가 작고 통통한 사람은 가슴을 움켜쥐고 잦은 기침을 해댔다. 그때마다 객혈이 조금씩 흘러나와 옷섶을 적신다.

그들이 서로를 부축하면서 비틀비틀 다가오고 있는 곳은 조금 전 장팔봉이 돌이끼라고 짐작되는 무엇을 정신없이 뜯어먹던 그곳이었다.

"어라?"

키 큰 괴인이 고개를 갸우뚱했다.

"이게 뭐야? 왜 이렇게 되었지?"

객혈을 하던 괴인도 고개를 갸우뚱거린다.

키 큰 괴인이 후다닥 달려가더니 주위를 마구 더듬어댔다. 그리고 소리쳤다.

"뭐야? 이게 왜 다 없어진 거야? 누구야? 어떤 놈이 이런 천인공노할 만행을 저지른 거냐?"

"뭐라고? 다 없어졌어?"

객혈을 하던 괴인도 급히 다가와 젖은 회색의 바위 이곳저곳을 더듬어보고 눈으로 확인해 보더니 분노해서 소리쳤다.

"크아아—! 누구냐! 어떤 놈인지 갈가리 찢어서 씹어 먹어버리고 말 테다! 콜록콜록—!"

"여기, 여기 아직 조금 남아 있다."

그 말에 객혈을 하던 괴인이 즉시 기침을 멈추고 허리를 굽혔다.

과연 회색 바위의 위쪽에 짙은 초록빛의 이끼 같기도 하고 아닌 것 같기도 한 괴이한 식물이 드문드문 남아 있었다.

장팔봉이 거기까지는 미처 손이 닿지 않았기에 무사했던 것이다.

"여기, 이쪽에도 아직 남아 있다!"

객혈을 하던 괴인도 기뻐서 소리쳤다.

바위틈과 구석진 곳에도 그 괴이한 식물이 더러 붙어 있는 걸 발견한 것이다.

"아껴 먹자."

키 큰 괴인이 한 줌이 될까 말까 한 양만큼만 뜯어서 입에 넣고 천천히 씹었다.

눈마저 지그시 감고 있는 것이 그 지독한 맛을 음미하는 듯했다.

객혈을 하던 괴인도 바위틈에서 조금 뜯어내서 씹는다.

그들은 한 번 이곳에 오면 적어도 한 바가지쯤 되는 양을 뜯어서 배부르게 먹었는데 지금은 한 줌도 아까워서 먹을 수 없는 지경이 된 것이다.

생각할수록 화가 나는지 객혈을 하던 괴인이 다시 악을 써댔다.

"이 죽일 놈! 염가와 공가, 그 늙고 추한 마귀 새끼들이 틀림없어! 내 그놈들을 당장 때려죽여 버리고 말 테다! 으아아—!"

키 큰 괴인도 덩달아 소리쳤다.

"당가 그 못생긴 후레자식이 부추겼을 거다! 틀림없어! 나는 그놈을 백만, 천만 토막으로 잘게 찢어놓고 말 테다! 크아아—!"

"그만하면 됐다. 진정해라."

객혈을 하던 괴인이 키 큰 괴인의 어깨를 다독였다.

불과 한 줌의 식물을 뜯어 먹었을 뿐인데 어느새 그의 기침은 멎어 있었고, 음성도 또렷해져 있었다.

"그럴까? 그놈들도 충분히 들었겠지?"

"암, 지금쯤 무서워서 벌벌 떨며 개집 속에 처박혀서 꼼짝도 못하고 있을 거다."

키 큰 괴인이 히죽히죽 웃었다.

"히히, 당가 그놈의 개집은 정말 꼴불견이야. 그렇지 않냐?"

"염가와 공가 그놈들의 헛간은 어떻고? 홍, 그것들과 함께 여태까지 부대끼며 살아왔다는 게 정말 싫어진다."

키 작은 괴인의 말에 키 큰 괴인이 흡족한 미소를 띠고 말했다.

"뭐, 귀양태원지령(歸陽胎元芝靈)이야 또 자랄 테니까 괜찮아. 그것보다는 그놈들과 싸운 걸 계기로 너와 이렇게 가까워지게 되어서 좋다. 우리 어서 내상을 치료한 다음에 힘을 합쳐서 그 세 놈을 죽도록 패주자."

"좋은 생각이야. 나는 이제부터 양가 너를 제일 좋아할 테다."

바라보는 눈길에 다정한 기운이 철철 넘쳐흐른다.

"나도 곽가 네가 좋아. 우리 이 마음, 죽을 때까지 변치 않기다?"

"물론이지."

두 늙은 괴인이 언제 악을 쓰며 난리를 쳤었느냐는 듯 서로를 꼭 끌어안고 등을 토닥거렸다.

키 큰 괴인 곽 노인이 부드럽게 말했다.

"자, 이제 귀양태원지령도 먹었으니까 극음복령지수(極陰復靈之水)로 목욕을 해야지? 그러면 이까짓 내상쯤이야 멀쩡해질 거다."

"그래, 우리 다정하게 손을 꼭 잡고 목욕하자꾸나."

키 작은 괴인 양 노인이 곽 노인의 손을 잡았다.

둘이 다정하게 걸음을 옮겨 못가로 다가간다.

"으악! 저게 뭐냐?"

먼저 물 위에 둥둥 떠 있는 장팔봉을 발견한 곽 노인이 기겁을 하고 소리쳤다.

"저게 대체 어떻게 된 일이냐?"

양 노인도 입을 쩍 벌린다.

"이, 이, 이… 쳐 죽일 놈 같으니!"

양 노인이 이를 부드득 갈았다.

장팔봉을 노려보는 눈길에 무시무시한 살기가 번쩍인다.

곽 노인이 그런 양 노인을 달랬다.

"참아라. 지금은 우선 너와 나의 내상부터 치료를 해야지. 그런 다음에 저놈을 반으로 쪼개서 사이좋게 나누어 먹자꾸나. 놈이 살이 통통한 게 제법 맛있을 것 같지 않으냐?"

"그래, 그래. 염가와 공가, 당가 그놈들에게는 한 입도 주지 말고 우리 둘이서만 오붓하게 먹자꾸나."

"그래도 우리의 사랑스러운 백 사매에게는 조금 나누어 주는 게 좋지 않을까?"

"히히, 나는 곽가 네가 백 사매를 좋아하고 있다는 걸 벌써 눈치 챘어."

곽 노인이 얼굴을 붉혔다.

"커흠! 뭐 꼭 그런 건 아니고 말이지, 백 사매가 사실 조금 귀엽지 않냐?"

"흘흘, 귀엽다 뿐이냐? 아주아주 사랑스럽지. 으흐흐흐, 미치겠다."

백 사매를 생각하기만 해도 오금이 저려오는지 양 노인이 제 사타구니를 움켜쥐고 부르르 몸을 떨었다.

그를 흘겨본 곽 노인이 천천히 연못 속으로 들어가자 슬며시 뒤따라 들어온 양 노인이 턱짓으로 장팔봉을 가리키며 속삭였다.

"그런데 저놈이 죽은 걸까?"

곽 노인이 머리를 갸웃거린다.

"글쎄… 만약 저놈이 우리의 귀양태원지령을 몽땅 뜯어 먹은 놈이라면… 그리고 나서 이 극음복령지수 속에 기어들어온 거라면 살아 있지 않을까?"

"그렇겠지?"

"그런데 대체 어떻게 된 일일까? 아주 새파란 어린것인데 어쩌다가 이 지옥에 떨어진 걸까? 쯧쯧."

"뭔가 사연이 있겠지. 죽었는지 살았는지 한번 건드려 볼까?"

"놔둬. 그러다가 물리기라도 하면 어쩌려고 그래?"

"물기만 해봐라. 뜯어 먹기 전에 우선 이빨부터 몽땅 뽑아버릴 테다."

양 노인이 매섭게 장팔봉을 노려보면서 천천히 다가갔다.

조심스럽게 손을 뻗더니 볼을 쿡 찔러보고 깜짝 놀라서 재빨리 물러선다.

장팔봉에게서 반응이 있을 리 없다.

다시 조심스럽게 다가간 양 노인이 이번에는 조금 더 대담하게 장팔봉의 얼굴을 만져 보았다.

마치 강아지 한 마리를 쓰다듬듯 한다.

"히히, 괜찮은데? 보기보다 순한 놈인가 봐."

"그래?"

다가온 곽 노인도 슬며시 손을 뻗어 장팔봉의 여기저기를 쿡쿡 찔러보고 쓰다듬어 본다.

마냥 신기하고 재미있는 듯 두 늙은 괴인이 서로를 마주 보며 낄낄거리고 좋아했다.

"그런데 이 물건이 어쩌다가 이 모양이 되었을까? 이건 아주 망가졌는데?"

곽 노인이 눈살을 찌푸리며 말하자 양 노인이 맞장구쳤다.

"반은 망가졌고 반은 아직 쓸 만해. 그러니 쓸 만한 쪽과 망가진 쪽을 똑같이 반씩 나누자. 그래야 공평하지 않겠어?"

"물론이지. 설마 내가 쓸 만한 쪽을 독차지할 거라고 생각한 건 아니겠지?"

"그럴 리가 있어? 누가 뭐라고 해도 나는 곽가 너를 믿는다."

"좋아, 좋아. 우리는 정말 잘 어울리는 사이야."

시시덕거리던 두 노인이 서로를 멀뚱멀뚱 바라보았다.

양 노인이 머뭇거리며 말했다.

"그럴 게 아니라 이 물건을 고쳐 놓은 다음에 뜯어 먹는 게 어떨까? 아무래도 싱싱한 걸 먹어야 더 맛이 있지 않겠어?"

"그건 그래. 사실 난 지금 그렇게 배고프지 않거든."

"나도 그래. 그럼 조금 참았다가 먹자. 그래야 더 맛있게 뜯어 먹을 수 있을 거야."

의견의 일치를 본 두 노인이 장팔봉을 건져 냈다.

물가에 눕혀놓더니 여기저기를 자세히 관찰하고 점검한다.

그러는 중에 가끔 머리를 끄덕이기도 하고, 가끔은 인상을 쓰며 혀를 차기도 했다.

양 노인이 말했다.

"그런데 이상한 걸? 어째서 이놈은 기경팔맥이 폐쇄되지 않았을까? 멀쩡한 몸으로 이곳에 던져졌다는 건데……."

"폐쇄하고 말고 할 게 뭐 있어? 이놈에게는 내공이라는 게 아예 없는 거나 마찬가진데."

"하긴, 이런 놈의 기경팔맥을 폐쇄해 봤자지. 괜히 여기저기 찔러대느라고 손가락만 피곤할 거야."

"우선 손부터 써보자. 더 놓아두면 영영 망가져 버리겠어."

"그러자."

두 노인이 즉시 장팔봉의 여기저기를 주무르고 두드려 대기 시작했다.

어긋난 뼈를 잡아당길 때는 뚜두둑, 하는 끔찍한 소리가 나기도 했고, 그것을 맞춰놓을 때는 뚝, 뚝, 하고 부러지는 것 같은 소리가 나기도 했다.

얼마 지나지 않아 장팔봉의 어긋나고 뽑혔던 관절들이 모두 제자리를 찾았다.

그의 상태를 다시 한 번 점검하던 양 노인이 머리를 갸웃거렸다.

"그런데 이 물건은 도대체 뭐지? 내공도 형편없을뿐더러 아직 새파란 어린아이인데 이런 놈이 왜 지옥마전에 끌려온 걸까?"

장팔봉은 체구가 크고 듬직한 청년이었지만 두 노인의 눈에는 아장거리는 어린아이로 보이는 것이다.

"뭔가 사연이 있겠지, 뭐. 신경 쓸 것 없지 않냐? 어차피 우리 뱃속으로 들어갈 물건인데. 안 그래?"

"하긴."

머리를 끄덕인 양 노인이 침묵했고, 곽 노인도 무엇을 생각하는 건지 한참 동안 입을 다물었다.

두 늙은 괴물은 그렇게 서로의 눈치를 살필 뿐, 좀체 제 꿍꿍이속을 드러내 놓지 않고 있었다.

장팔봉을 힐끗거리는 눈길에 식욕이 아닌 다른 무엇이 슬그머니 끼어들고 있다.

장팔봉은 꿈을 꾸었다.

초열지옥문 안에 쓰러져 있는 꿈이었다.

시퍼런 불길이 저를 삼켜 버려서 온몸이 활활 타오르고 있다.

그 뜨거운 열기가 생생하게 느껴지고, 제 살이 지글거리며 익어가는 소리가 생생하게 들렸다.

그런데 이상하게 고통스럽지가 않았다. 그래서 눈을 멀뚱거리며 그것을 바라본다.

그러고 보니 불타고 익어가다가 드디어 새까만 숯덩이로 변해가는 그것은 저이면서 제가 아니기도 했다.

저는 이렇게 구경하고 있으니 그렇다.

그 구경하고 있던 제가 이번에는 지독한 추위로 떨었다.

온몸이 두꺼운 얼음 속에 갇혔는데, 순식간에 그렇게 되었다.

뼈가 꽝꽝 얼어서 부서질 것 같고, 혈관 속의 피도 꽝꽝 얼어서 움직이지 않았다.

너무 추우니까 춥다는 것조차 느껴지지 않는다.

그런 저의 모습을 이번에는 숯덩이가 되어버린 또 다른 제가 낄낄거리며 바라보고 있었다.

그런 모습이 거듭 바뀌며 보였다.

그때마다 장팔봉은 숯덩이의 장팔봉이 되기도 하고 얼음덩이의 장팔봉이 되기도 했다.

내가 나이면서 내가 아니기도 한 기묘한 꿈이다.

그러던 중에 한줄기 따뜻하고 부드러운 기운이 몸 안으로 흘러들었다. 그러자 숯덩이의 장팔봉과 얼음덩이의 장팔봉이 서서히 하나로 합쳐지기 시작했다.

서로 다른 두 개의 환영이 겹쳐지더니 온전한 하나의 형상으로 거듭났다.

숯덩이도 아니고 얼음덩이도 아닌 전혀 새로워진 장팔봉 자신이었다.

군침을 꼴딱꼴딱 삼키며 내려다보고 있는 장발의 두 괴인이 보였다.

장팔봉은 그것이 숯덩이였던 자신과 얼음덩이였던 자신이라고 생각했다.

"눈을 떴는데?"

"아직 못 보나 봐."

곽 노인이 손바닥을 펴서 장팔봉의 얼굴 앞에 흔들었다. 하지만 장팔봉의 눈동자는 움직이지 않았다. 허공에 고정되어 있다.

장팔봉의 완맥을 쥐고 있던 양 노인이 심각한 얼굴이 되어 중얼거렸다.

"이 물건이 이게 아주 신기한 물건이야. 그렇지?"

이미 그의 상태를 점검해 본 곽 노인도 심각한 얼굴을 하고 머리를 끄덕였다.

"맞아. 다른 물건 같았으면 벌써 뒈졌어도 열두 번은 더 뒈졌을 거야. 그런데 이놈은 아직 살아 있잖아. 비록 뒈진 거나 다름없긴 하지만 말이야."

"절묘하게 맞아떨어진 거야."

양 노인이 머리를 끄덕이며 그렇게 결론 내렸다.

"극양의 기운을 지니고 있는 귀양태원지령을 배 터지게 처먹었으니 그 고통이 오죽했겠어? 당장 타 죽어버리지 않은 게 기적 같은 일이었지."

"그건 이 물건이 이렇게 엉망진창으로 깨져 있었기에 가능한 일이었지. 고통이 서로를 상쇄하는 효과를 가져다주었던 거야."

"맞아. 그래도 지독히 괴로웠을 거야. 그러다가 공교롭게도 극음복령지수 속에 풍덩 빠졌던 거지. 고통 때문에 뒹굴다가 저절로 그렇게 된 일이니 참 기막힌 안배지 뭐야. 안 그래?"

"안배라고?"

곽 노인이 눈을 휘둥그레 떴다.

양 노인이 여전히 심각한 얼굴을 끄덕이며 말한다.

"이건 하늘의 안배라고밖에는 달리 말할 수 없잖아. 그렇지 않은 다음에야 이토록 공교로운 일이 생길 수 있겠어? 안 그래?"

"그거야… 그렇다고도…….."

곽 노인이 망설였다.

"그런데 뭔가 수상쩍은 기운이 있더라. 너는 느끼지 못했나?"

그 말에 양 노인이 머리를 끄덕였다.

장팔봉의 상태를 보기 위해 맥을 짚었다가 한 가닥 의구심이 들었던 것이다.

"뭔지는 모르겠지만 아무튼 처음 보는 야릇한 기운이 있기는 했어. 아주 미약한 것이라 우리처럼 내공이 깊고 혈도와 기혈의 운행 원리에 밝은 초절정고수가 아니라면 알아챌 수 없는 것이었지만 말이다. 커흠."

"그렇지? 그런데 그게 뭘까?"

"알게 뭐냐? 뭐, 이놈의 몸 상태가 지금 정상이 아니라서 그런 건지도 모르잖아."

"그렇겠지?"

머리를 끄덕인 곽 노인이 양 노인의 눈치를 보더니 단호한 얼굴이 되어 말했다.

"아무튼 처음에 한 약속을 잊지는 않았겠지?"

"뭘?"

"공평하게 이 물건을 나누어 갖는다는 것 말이야."

더 이상 뜯어 먹겠다는 말은 하지 않는다.

그건 양 노인도 마찬가지였다.

곽 노인에게서 그 말이 나오기를 기다렸다는 듯 히죽 웃는다.

"너도 탐나지?"

양 노인의 말에 곽 노인이 크게 머리를 끄덕였다.

"이런 기막힌 물건을 두고 탐내지 않으면 그게 사람이겠어?"

"흐흐흐, 내 말이 바로 그거야. 좋다. 우리 둘이서 공평하게 나누어 갖자."

"좋았어!"

곽 노인이 싱글벙글했다. 그리고 다시 결연하게 말한다.

"하지만 우리 둘만이다. 다른 놈들에게는 절대로 안 돼."

"물론이지. 이런 물건을 왜 그 밉살맞은 염가와 공가, 당가 놈에게 나누어 주겠어? 그놈들에게는 손톱만큼도 줄 수 없다. 아니, 군침도 흘리지 못하게 해야 해!"

했던 말을 또 하면서도 그때마다 즐거운 듯 두 늙은 괴인은 의기양양해져서 마주 보다가 장팔봉을 내려다보고 다시 서로 마주 보고 했다.

"이상한데?"

기괴한 몰골에 외눈인 노인이 머리를 갸웃거렸다.

저쪽에서 공처럼 뒹굴던 난쟁이 노인이 힐끗 돌아보고 묻는다.

"공가야, 뭐가 이상하단 말이냐?"

"염가야, 너는 이상하지 않으냐? 그놈들이 어째서 이렇게 찍소리가 없는 거지? 씩씩거리며 영보동부(靈寶洞府)로 떠난 지가 벌써 꽤 되었잖아?"

영초(靈草)와 영수(靈水)가 있는 그 동혈을 말하는 것이다.

*　　　*　　　*

패천마련에서는 그들에게 굴복하지 않는 자들을 잡으면 마련의 형법대로 처벌했는데, 그런 자들 중 죽이기에는 아깝고 살려두자니 우환이 될 것 같은 자는 지옥마전 아래의 뇌옥으로 떨어뜨렸다.

당장 죽이는 것보다 살아서 지옥의 고통을 겪게 해주고 싶은 자도 그렇게 한다.

정파의 고수이든 사마외도의 고수이든 가리지 않았고, 예외도 없었다.

한 번 그렇게 뇌옥 속으로 떨어뜨리고 나면 수인들이 그 속에서 어떻게 살든 간섭하지 않았다.

그 누구도 죽어서 귀신이 되지 않는 이상 절대로 나올 수 없는 곳이기 때문이다.

지옥으로 불리는 지하 뇌옥에 떨어진 자들은 아무리 약한 자라고 해도 바깥세상에서는 대마귀이거나 대협객으로 불리기에 충분한 고수였다.

그러니 비록 혈도가 폐쇄되어 떨어졌지만 스스로의 힘으로 그것을 푸는 데에는 그리 오랜 시간이 걸리지 않았다.

처음에는 절망하고 반항도 하나, 어쩔 수 없이 뇌옥의 분위기와 법칙에 순응하면서 어울려 살게 된다.

마련이 생긴 지 오십여 년.

그동안 이 지옥에 떨어진 수인이 몇 명이나 되는지 아무도 알지 못했는데, 그들은 지옥 안에서 자유롭게 살았다.

바깥세상으로 나갈 수 없다 뿐이지, 몇 가지의 법칙만 준수하면 누구의 간섭도 받지 않았던 것이다.

자연스럽게 생겨난 그 법칙의 으뜸은 당연히 철저한 약육강식이었다.

강한 자가 군림하고 약한 자는 복종하거나 희생당하는 걸 당연히 여긴다는 것이다. 그게 제일의 법칙이다.

제이의 법칙은 영보동부(靈寶洞府)라고 부르는 곳에 대한 금기였다. 그곳은 아무나, 아무 때나 갈 수 있는 곳이 아니었다.

오직 여섯 사람, 다섯 노괴물과 그들이 백 사매라고 부르는 한 여인만이 갈 수 있는 성지(聖地)다.

그들 여섯 사람이 지하 뇌옥이 생긴 이래 불변하고 있는 최상층 지배자였던 것이다.

하지만 그들 사이에도 부상을 입은 자만 그곳에 찾아갈 수 있다는 서로 간의 약속이 성립되어 있었다. 가서 거기에 있는 영초와 영물을 이용해서 치료를 하고 돌아오는 것이다.

백 사매를 뺀 그들 다섯 노괴물은 평화롭게 지낼 때가 거의 없었다.

서로 투덕거리며 자주 싸우다 보니 부상을 입기 일쑤였고, 그때마다 영보동부의 힘을 빌려야 했다. 그러므로 그곳에 있는 영초와 영수를 더욱 귀하게 여기지 않을 수 없다.

*　　　*　　　*

난쟁이 노괴 염 노인이 슬그머니 일어나 앉더니 주위를 두리번거렸다.

"곽가와 양가 그 두 놈이 대체 무슨 꿍꿍이를 꾸미고 있는 걸까?"

있는 듯 없는 듯 한쪽 벽에 기대앉아 지그시 눈을 감고 있던 또 한 명의 노인이 빙긋 웃었다.

다른 노인들과 마찬가지로 긴 머리가 허리까지 늘어지고 수염이 온통 얼굴을 뒤덮었는데 그래도 그중 가장 정상적인 몰골을 하고 있는 괴노인이었다.

당 노인이다.

"당최 알 수 없는 일이다. 어제까지만 해도 서로 못 잡아먹어서 안달을 하던 놈들이 오늘은 죽고 못 사는 단짝처럼 착 달라붙어 헤헤거리니 말이야. 대체 그놈들 속은 어떻게 생겨먹은 걸까?"

"안 되겠다. 한번 가봐야겠어. 양가 그놈은 생긴 대로 노는 놈이잖아. 한번 삐지면 풀어줄 때까지 그대로 가는 놈이거든."

외눈의 공 노인이 부스럭거리며 자리에서 일어서자 난쟁이 염 노인이 버럭 소리쳤다.

"놔둬! 양가라면 아주 넌덜머리가 난다. 제 생긴 꼬락서니대로 살라고 해!"

"그러지 마라. 이 지옥 속에서 그래도 그놈을 놀려먹는 재미로 사는데 아주 떠나 버리면 심심해진다."

"떠나긴 어디로 떠나? 쳇, 그놈에게 이 지옥을 떠나서 극락으로 가는 재주라도 있다더냐?"

빈정거리지만 난쟁이 염 노인은 한풀 꺾인 기색이 완연했다.

당 노인이 점잖은 어투로 말했다.

"그래, 공가 네가 가서 잘 다독거려 줘라. 아무래도 우리가 조금 심하게 손을 썼지 싶다."

난쟁이 염 노인이 또 악을 썼다.

"심하기는! 그놈들이 한 짓을 생각해 봐! 그 자리에서 때려 죽이지 않은 것만 해도 크게 봐준 거다!"

당 노인이 빙긋 웃는다.

"염가 네 말도 맞다. 하지만 그동안 든 미운 정도 있지 않으냐. 그놈들이 변덕이 심하고 성질이 지랄 같지만 사실 우리 중 누구도 그렇지 않다고 장담은 못하지."

"흥."

그 말에는 난쟁이 염 노인도 할 말이 없는 듯 코웃음만 쳤다.

"특히 양가 그놈은 속이 좁아터진 놈이라 한번 앙심을 먹으면 여간해서 풀어지지 않는다. 만약에 그놈이 너 혼자 있을 때 슬며시 다가와서 뒤통수를 후려치면 어떻게 하지?"

"끄응—"

난쟁이 염 노인이 켕기는 구석이 있는지 찔끔한다. 양가의 운신이 귀신보다 더하다는 걸 잘 알기 때문이다.

오고 가는 걸 알 수 없으니 그가 정말 슬며시 다가와 뒤통수를 후려친다면 꼼짝없이 당할 수밖에 없다.

당 노인이 다시 말했다.

"그놈이 곽가와 죽이 맞아 떠났으니 다행이지. 하지만 지금쯤은 또 변덕이 들어서 곽가와 죽이네 살리네 하면서 치고받고 있을지도 몰라. 쯧쯧, 대체 언제나 철이 들려는지 원, 아이들 보기 미안해서 내가 다 면목이 없다니까."

그 말에 외눈박이 공 노인이 슬며시 자리를 떴고, 난쟁이 염 노인은 발끈해서 소리쳤다.

"아니, 우리가 다른 놈들의 눈치를 본단 말이냐? 홍! 우리 다섯 사람으로 말하자면 이 지옥의 염라사자야! 언놈이 감히 우리에게 뭐라고 할 수 있단 말이냐? 홍! 나는 그 어떤 놈의 눈치도 보지 않는다!"

염 노인의 말에 당 노인은 빙긋 웃기만 할 뿐 대꾸하지 않았다.

*   *   *

"이, 이게… 어떻게 된… 일이지? 내가 살았수?"

장팔봉이 어리둥절해서 두 괴이한 몰골의 노인들을 번갈아 바라보았다.

의식을 되찾자마자 내뱉는 첫마디에 두 노인이 잔뜩 인상을 썼다.

"끄응—"

양 노인이 된 숨을 내쉬며 외면했고, 곽 노인은 흐흐, 하고 웃는다.

'일단 참고 보자.'

"살기는, 이놈아. 지옥에 떨어졌으니 당연히 뒈져서 귀신이 되어 있는 거지."

"아니, 그럼 내가 원귀가 된 거요? 이런 젠장할!"

'이런 젠장할? 이런 싸가지없는 꼬마 놈을 봤나.'

기어이 곽 노인의 속도 부글부글 끓었다.

'하지만 일단 참고 보자.'

"그렇지. 지옥에 떨어진 귀신치고 원귀 아닌 귀신이 없으니 너도 그런 거다."

"이상한데?"

장팔봉이 머리를 갸웃거리며 제 몸 여기저기를 훑어보고 두드려 보았다.

"어째서 감각이 있고 느낌이 있을까? 귀신에게는 육체가 없으니 그런 느낌도 없어야 할 텐데……."

다 좋은데 장팔봉의 말투가 영 마음에 들지 않는 양 노인이 매섭게 노려보며 쏘아붙였다.

"너는 싸가지가 없어서 육체는 있고 혼백이 사라진 얼빠진 귀신이 되었나 보다."

"그런 귀신도 있소? 그렇다면 두 분 노인장도 그런 얼빠진 귀신인가 보구려."

"뭐, 뭐? 노인장? 이런 쳐 죽일……!"

양 노인이 발끈하자 곽 노인이 재빨리 그의 팔을 붙들었다.

"참아, 참아. 어린것이 뭘 알겠니?"

하지만 그도 속이 부글부글 끓어오르기는 마찬가지였다.

마음속에 품고 있는 음흉한 생각만 아니라면 당장 찢어 죽여도 여러 번 찢어 죽였을 것이다.

두 노인이 화내고 다독이고 하는 걸 물끄러미 바라보면서 장팔봉은 제가 죽지 않았다는 걸 실감했다.

살아 있을 뿐 아니라 지옥마전에 오기 전보다 훨씬 더 원기가 왕성해져 있다는 걸 느낄 수 있었다.

두 늙은 괴인이 제 몸을 떡 주무르듯 해대던 걸 보았는데, 정신이 혼미하던 중이라 꿈이라고 여긴 그것이 현실이었다는 것도 알았다.

그렇다면 눈앞의 두 노인은 자신을 살려준 은인이다.

하지만 장팔봉은 눈을 멀뚱멀뚱 뜬 채 바라볼 뿐 한마디도 고맙다는 말을 하지 않았다.

왠지 내키지 않았기 때문이고, 자신을 바라보는 두 늙은이의 눈길이 마음에 들지 않았기 때문이기도 하다.

마치 맛있는 먹이를 앞에 두고 군침을 흘리며 탐내는 아이들의 그것 같지 않은가.

"커흠."

곽 노인이 헛기침을 하고 말했다.

"우리가 수고한 것은 결코 너에게 고맙다거나 감사하다는 말을 듣기 위한 게 아니었느니라."

양 노인도 잠시 노여움을 눌러두고 질세라 끼어든다.

"암, 암. 그렇고말고. 우리는 절대로 네 생명의 은인이라는 걸 밝히고 싶지 않구나."

"그러서?"

"하지만!"

꽉, 양 두 노인이 단호한 얼굴로 쏘아보았다.

"네가 우리의 소중한 귀양태원지령을 무지막지하게 뜯어 먹어서 우리 모두에게 심각한 피해를 입혔을뿐더러……."

"그것도 모자라 극음복령지수를 오염시켰으니 그 죄를 어찌 다 갚을 것인고?"

머리를 갸웃거리던 장팔봉이 '아하—' 하는 얼굴로 고개를 끄덕였다.

자신이 무언지도 모르고 뜯어 먹은 그게 단순한 돌이끼가 아니라 매우 진귀한 식물이라는 걸 짐작한 것이다.

그리고 그 얼음장처럼 차갑던 물 또한 세상에서 보기 드문 영수(靈水)였던 모양이다.

장팔봉이 알 수 없다는 얼굴로 물었다.

"그런데 대체 그게 뭐요?"

여전히 퉁명스럽고 싸가지없는 말투가 마음에 들지 않는다.

하지만 여기까지 참았으니 조금 더 참기로 한 두 노인이 서로를 마주 보더니 끙, 하고 탄식했다.

"귀양태원지령은 이 넓은 천하에 오직 이곳에서, 그것도 여기 이 자리에서만 자라는 희귀한 버섯이니라. 이끼처럼 생겼지만 버섯이라고 해야 옳지. 지열을 빨아들이고 유황의 기운만 먹고 자라 그 성질이 뜨겁고 순수한 열양지기를 지니고 있는 영초다. 아무리 심한 내상을 입었어도 그것을 한 줌만 뜯어먹으면 거뜬히 치료되느니라. 또한 공력의 증진에도 큰 도움이 된다."

"……."

장팔봉이 머리를 갸웃거렸다.

세상에 그런 게 있다는 말을 들어본 적도 없으려니와, 들었다고 해도 믿을 수 없었던 것이다.

그가 의심하는 것 같자 곽 노인이 더욱 열을 올려서 말했다.

"석 달 열흘만 장복하면 그 효능이 매우 높아져서 한 번의 운기조식으로 당장 임독양맥을 타통할 수 있게 되고, 두 번의 운기조식으로 즉시 생사현관을 뚫어버리느니라. 그리하여 머지않아 환골탈태를 이루고 삼화취정, 오기조원의 경지에 올라설 수 있게 되니… 이런 영초가 있다는 말을 어디에서 들어보기나 했느냐?"

"에이, 설마……."

장팔봉이 피식 웃는 건 지나치게 과장된 거짓말을 한다는 의미였다.

그렇다면 당신들은 이미 신선이 되고도 남았을 텐데 왜 여태까지 이 빌어먹을 곳에서 나가지 못하고 있는 거냐고 비웃는 것이기도 하다.

"그래서 우리도 그걸 매우 아끼며 조금씩만 뜯어 먹는데, 아무 때나 먹는 게 아니라 심한 내상을 입었을 때에만 먹느니라. 그런데 네놈은 마치 소가 풀을 뜯어 먹듯이 해버렸으니… 쯧쯧, 이런 어이없는 일이 어디 있단 말이냐?'

곽 노인의 말이 끝나자 기다렸다는 듯 양 노인이 받았다.

"극음복령지수 또한 그에 못지않은 영수지. 이글거리는 용암 위에 있으면서 그처럼 차가운 음한지기를 지니고 있다는 것만 봐도 알 수 있지 않겠느냐?'

"이곳이 용암 위에 있는 동굴이란 말이오?'

"흐흐, 아무 데나 조금만 파고 내려가면 용암의 강이 흐르고 있지. 그걸 구경할 수 있는 구덩이가 저쪽에 뚫려 있으니 확인해 볼 수도 있느니라."

"그렇다면 더욱 기이하군. 대체로 용암지대에서 솟아나오는 물은 뜨거운 온천수이기 마련인데 그처럼 차가운 물이 어떻게 존재할 수 있소?'

"흐흐, 그러기에 영수라고 하는 것 아니겠느냐? 대지의 양기가 사방에 가득하니 음기는 어찌 되겠어? 양기에 밀려서 이리저리 도망 다닐 수밖에 없지. 그러다가 한곳에 모여 고이게 되었는데, 그건 물이 높은 곳에서 낮은 곳으로 흐르는 것과 같은 이치이니라. 그렇게 음기가 모인 곳이 바로 극음복령지수인 게야. 오랜 세월이 흐르는 동안 세상에서는 다시 찾아볼 수 없는 순수한 음한지기만 남아 고여 있게 된 거지."

그럴듯하다. 하지만 여전히 믿기 힘들다.

장팔봉이 머리를 갸웃거리자 양 노인이 더욱 열성적으로 말했다.

"귀양태원지령의 열기를 다스려 줄 수 있는 건 이 넓은 천하에 오직 극음복령지수 하나뿐이니라. 그러니 그 둘을 한꺼번에 얻지 못하면 아무 소용이 없지. 그런데 이곳에는 그 두 가지가 한곳에 있으니 이 어찌 기막힌 일이 아니겠느냐?"

곽 노인이 다시 받는다.

"이런 지옥에 세상에 둘도 없는 영초와 영수가 있다는 걸 저 바깥의 얼간이들이 어찌 상상이나 하겠는고? 무림인이라면 누구나 꿈에도 그리던 보물이 지옥 속에 있으니 이것이야말로 하늘의 심술이고 땅의 비밀이라고 해야 할 것이다."

장팔봉은 비로소 제 몸 안에 생겨난 왕성한 기운의 정체를 알았다.

두 영물의 순화된 힘인 것이다.

아마도 이런 것이 강호에서 말하는 기연이 아닌가 싶은 생각이 들어서 절로 싱글벙글하게 된다.

"그러니까 음양은 함께 있듯이 삶과 죽음이 붙어 있고, 화와 복이 함께 찾아온다는 말이 딱 맞는 말이군. 극양한 버섯과 극음한 물이 이처럼 한곳에 서로 어울려 있으니 말이야."

장팔봉의 그럴듯한 말에 두 노인이 흘흘 웃었다.

"이놈이 생긴 건 밟아놓은 개떡같이 생겼지만 대갈통은 제법 여문 모양이다. 그런 것도 다 생각할 줄 아는 걸 보니 말이야."

밟아놓은 개떡이라는 말에 장팔봉의 눈매가 즉시 가늘어졌다. 그렇게 말한 양 노인을 매섭게 노려본다.

"커흠."

헛기침을 한 양 노인이 장팔봉의 눈길을 무시한 채 말했다.

"어쨌든 너는 우리의 영물들을 마음대로 사용했고, 그 덕분에 뒈질 목숨을 가까스로 건진 건 물론 장차 무궁무진한 효능을 볼 수도 있게 되었다. 천운이 따랐던 거지. 제기랄."

곽 노인이 양 노인과 마찬가지로 헛기침을 하고 나서 말했다.

"네가 비록 그 두 영물의 힘을 받았지만 그대로 두었으면 그 힘이 네 몸 안에서 서로 뒤엉켜 싸워대는 통에 견디지 못하고 뒈져 버렸을 것이다."

"암, 그렇고말고. 바람을 잔뜩 불어넣은 돼지 오줌통처럼 부풀어 올랐다가 뺑 하고 터져 버렸겠지. 몸뚱이가 산산조각 나서 온 천지사방에 흩어졌을 거야. 아주 좋은 구경거리가 되었을걸? 히히히!"

"하지만 그 순간에 우리 두 신선을 만난 것도 다 인연이니라. 커흠. 우리가 피곤하고 귀찮은 걸 감수했거든."

"스스로의 공력이 상하는 것도 아랑곳하지 않았지."

"우리의 공력으로 네놈의 몸 안에서 으르렁대는 두 기운을 다스리고 억제해서 잠잠하게 해놓았으니, 너는 결국 우리 두 신선 덕분에 살아난 거야. 그걸 알아야 하느니라. 커흠."

곽, 양 두 늙은 괴인이 다투기라도 하듯이 번갈아가며 빠르게 말했다.

장팔봉은 그때마다 두 노인의 입을 바라보느라고 바빴다.

그들이 스스로를 신선이라고 하는 게 우스웠지만 내색하지
않고 머리를 끄덕였다.

"알겠수. 그러니까 내 목숨은 순전히 두 분 노인장에게 신세
진 것이라 이 말 아니오."

"그렇지. 바로 그거야. 히히, 곽가야, 이놈이 말귀를 제법 빨
리 알아듣는 걸 보니 가망성이 있어 보인다. 저 밉상스런 주둥
아리만 어떻게 조금 손봐주면 그런대로 괜찮겠어. 그렇지 않
으냐?"

그 말에 곽 노인도 기뻐했다.

"우리 똑같이 나누자고 한 약속을 잊으면 안 된다."

"물론이지. 다른 사람도 아니고 곽가 너와 한 약속인데 어떻
게 잊겠어? 걱정 마라."

두 노인이 서로 손을 잡고 시시덕거리는 걸 멀뚱멀뚱 바라
보면서 장팔봉은 살다 보니 참 별 희한한 구경도 다 한다고 생
각했다.

第九章

제자가 되든지 죽든지 둘 중 하나다

鳳鳴刀
용명도

제자가 되든지 죽든지 둘 중 하나다

"어라?"

공 노인이 하나뿐인 눈을 부릅떴다. 찢어질 듯하다.

그는 평생 처음 보는 기괴한 광경에 제가 지금 꿈을 꾸고 있는 게 아닌가 싶어서 얼떨떨했다.

두 사람.

곽 노인과 양 노인이 처음 보는 청년과 마주 앉아 즐겁게 시시덕거리고 있었기 때문이다.

아직 정수리도 여물지 않았을 저 어린놈이 어떻게 이곳에 왔는지도 모를 일이지만, 곽가와 양가가 그 어린놈과 어울려 시시덕거리고 있다는 게 믿어지지 않는다.

'저놈들이 드디어 미쳤나?'

그런 생각밖에 들지 않는 건 곽가와 양가 두 노인의 포악한 성정을 익히 알고 있기 때문이다.

그들은 젊은것을 보기 무섭게 달려들어 사지를 토막 내고 쩝쩝거리며 뜯어 먹고 있어야 하는 것이다.

공 노인은 몸을 감춘 채 천시지청술을 발휘하여 그들의 말을 엿듣기 시작했다.

"이 지옥에 떨어진 걸로 보아 네놈도 어린것이 만만치 않은 사연이 있다는 걸 알겠다. 물론 한도 깊겠지."

곽 노인의 말에 장팔봉이 서글픈 얼굴을 하고 머리를 끄덕였다.

하지만 내심으로는 전혀 엉뚱한 생각을 하고 있었는데, '대체 이 늙은이들을 어떻게 꾀어서 무림맹주가 있는 곳을 알아내지?' 하는 것이었다.

그런 장팔봉의 속마음을 알 리 없는 곽 노인이 근엄한 신색으로 말했다.

"하지만 일단 지옥에 들어온 이상 세상일은 다 소용이 없느니라. 한 번 들어오면 여기서 죽고 여기의 귀신이 되어야 하니까."

"영영 나갈 수 없단 말이오?"

"쯧쯧, 미련한 놈 같으니… 나갈 수 있으면 우리가 오십 년씩이나 이러고 있겠느냐?"

"예? 오십 년이라고요? 아니, 그럼 노인장의 나이가 대체……?"

장팔봉은 깜짝 놀랐다.

두 괴물 같은 노인이 나이가 적지 않으리라는 건 짐작했지만 오십 년 동안이나 이곳에 있었다니 아찔해진다.

이런 곳에서 그렇게 오랜 세월 동안 죽지 않고 살아 있다는 것도 놀랍기만 했다.

머리를 갸우뚱거리던 장팔봉이 의심스런 눈길로 두 노인을 바라보며 말했다.

"하지만 이 빛은 뭐고 이 공기는 뭐요? 어디에서인가 빛이 흘러들어 오는 구멍이 있고, 신선한 공기가 들어오는 구멍이 있다는 것 아니겠소? 그렇다면 나갈 방법도 있을 텐데요?"

곽 노인이 낄낄 웃었다.

"보살이 어디 눈을 감고만 있는 줄 아느냐? 하늘에서 지옥을 내려다보며 악귀들을 불쌍하게 여겨 한숨을 쉬지."

"예?"

"이 빛은 보살의 눈빛이고 공기는 보살의 한숨인 게야."

"……."

이해할 수가 없다.

어리둥절해하는 장팔봉을 보던 양 노인이 혀를 차고 말했다.

"차차 알게 될 테니 신경 쓰지 마라. 어쨌거나 빛이 흘러들어 오고 공기가 통해도 여기서 나갈 수는 없어. 안 그러면 우리가 미쳤다고 오십 년씩이나 이 빌어먹을 곳에서 죽치고 살아 있겠느냐?"

'아니, 뭐 이런 개 같은 경우가 다 있냐?'

장팔봉이 울상을 했다.

무림맹주를 만난다고 해도 나갈 길이 없으면 말짱 헛일이기 때문이다.

봉명도가 있는 곳을 알아낸들 무슨 소용이겠는가 하는 생각이 들자 제 가슴을 치고 싶었다.

'내가 미쳤지.'

후회가 뼈에 사무치지만 이제 와서는 무를 수도 없으니 그것 또한 헛일이었다.

들어올 때만 해도 나갈 길이 있으려니 하고 생각했는데, 오십 년씩이나 이곳에 갇혀 살았다는 두 노인을 보자 그런 생각이 절망으로 바뀌었다.

그런 장팔봉의 심정을 아는지 모르는지 곽 노인이 제 말을 계속했다.

"너에게는 두 가지 길이 있다."

"……."

"그 두 가지 모두 너를 위한 것이기도 하지. 왜냐하면 이 지긋지긋한 곳에서 그나마 행복해질 수 있는 길이니까. 커흠."

"그래요? 그런 게 있단 말이지요? 무언지 알고나 죽읍시다."

"알고나 죽읍시다?"

인내의 한계에 이른 양 노인이 기어이 발끈했다.

"아니, 듣자 듣자 하니까 이 새파란 놈이 처음부터 끝까지 말하는 싸가지가 영 없지 않은가? 말꼬리를 뭉개는 것도 마뜩찮은데, 뭐? 알고나 죽읍시다? 에라, 이─!"

당장 패 죽이겠다는 듯 주먹을 번쩍 들어 올린다.

곽 노인이 그 팔을 꽉 붙들고 전음을 날렸다.

"참아라. 조금 전부터 공가 놈이 우리를 엿보고 있어."

"응? 그래?"

그 즉시 양 노인이 들어 올렸던 주먹을 펴고 제 뒷머리를 벅
벅 긁어댔다.

"며칠 머리를 안 감았더니 서캐가 생겼나 봐. 왜 이렇게 가
렵지?"

"에그, 지저분한 놈."

곽 노인이 짐짓 눈을 흘기며 혀를 찼다.

장팔봉은 두 노인이 하는 짓이 한심하기만 했다.

아무리 보아도 노망든 노인네들이라는 생각밖에 들지 않았
던 것이다.

하룻강아지가 범 무서운 줄을 모르는 격이다.

곽 노인이 근엄한 신색으로 하다 만 설명을 마저 했다.

"첫 번째 길은 여기서 당장 죽어 우리 두 늙은이의 배를 채
워주는 고깃덩이가 되는 것이다."

"뭐라고요? 아니, 나를 죽여서 뜯어 먹는다고?"

"여긴 먹을 게 그다지 많지 않아. 무엇이든 먹을 수 있는 거
면 가리지 않고 먹는다. 사람 고기라고 해서 다를 거 없어. 그
냥 고기라고 생각하면 그만이지."

"그렇게 죽으면 우리 배를 채워주는 거고, 너는 이곳의 끔찍
한 삶을 겪지 않아도 되니 서로 좋은 일이지."

"게다가 너는 귀양태원지령을 무지막지하게 뜯어 처먹었고 극음복령지수로 목욕을 하다못해 그걸 배 터지게 들이켜 버렸으니……."

"그것뿐이면 말도 안 해. 우리의 노력으로 인해 그 두 기운이 이제는 네놈의 몸속에서 하나로 합쳐지는 조화를 이루었다. 흐흐흐, 효능이 말할 수 없게 높아진 거지."

번갈아 말을 하던 두 노인이 동시에 흐흐흐흐, 하고 섬뜩한 웃음을 흘리며 장팔봉을 바라보았다.

군침을 삼키고 입맛을 쩝쩝 다신다.

"히히, 네놈의 몸은 그야말로 영약 덩어리가 되어 있는 거야. 피 한 모금만 빨아 먹어도 기막힌 보약을 먹게 되는 셈이니 이 아니 좋으냐?"

"으헉!"

깜짝 놀란 장팔봉이 주위를 두리번거렸다.

과연 이 음침하고 깊은 동굴 속에서 먹을 걸 찾기가 쉽지 않을 것이다.

이 노인들이 오십 년이 넘도록 이 지옥에서 살아 있는 것도 어쩌면 이곳에 떨어지는 죄수들을 잡아먹었기 때문인지도 모른다는 끔찍한 생각이 들었다.

등줄기에 소름이 돋는다.

자신을 빤히 바라보고 있는 곽, 양 두 노인이 더 이상 사람으로 보이지 않았다.

군침을 꿀꺽꿀꺽 삼키며 입맛을 다시고 있는 야차이고 흡혈

귀로 보이니 환장할 일이다.

"두, 두 번째 길은 뭡니까?"

당장 말투부터 달라졌다.

곽 노인이 그럴 줄 알았다는 듯 히죽 웃고 말했다.

"우리의 제자가 되는 거다."

"제자… 라굽쇼?"

"우리는 네 생명을 구해준 은인들이다. 알지?"

"알고… 있습지요. 제가 부탁한 일은 아니었지만……."

"게다가 너를 살리기 위해서 우리 두 늙은이는 공력이 소모
되는 것도 마다하지 않았다. 이건 정말 대단한 일이야. 우리로
서는 남을 위해서 그런 수고를 한 게 생전처음이거든. 커흠."

동의를 구하듯 양 노인을 슬쩍 바라보자 기다렸다는 듯 그
가 얼른 끼어들었다.

"물론이지."

크게 머리를 끄덕이더니 입에서 침을 튕겨댄다.

"내가 누구냐? 온갖 잡놈들을 개 잡듯 때려잡는 데에는 이
골이 난 무영혈마 양괴철이 아니냐. 누구를 구해주는 일은 평
생 해본 적이 없지. 그랬던 터라 정말 어려웠어. 죽이는 것보
다 살리는 게 역시 훨씬 더 힘든 일이었지 뭐냐. 커흠."

무영혈마(無影血魔) 양괴철(陽怪鐵).

그 이름이 세상으로 흘러나갔다면 강호가 경악과 공포로 뒤
집어졌을 것이다.

하지만 오십여 년 전의 그 이름을 장팔봉이 알 리가 없었다.

평소 과거의 일에는 관심이 없었던 탓이기도 하다.

질 수 없다는 듯 곽 노인도 음소를 흘리며 말했다.

"흐흐, 나 무정철수 곽대련도 마찬가지지."

무정철수(無情鐵手) 곽대련(郭大蓮).

그의 이름 또한 무영혈마 양괴철 못지않게 끔찍한 이름이었다.

지금은 전설이 되었을 뿐이지만 아직도 그 이름을 기억하는 사람들은 자다가도 놀라 벌떡 일어서곤 한다.

두 노인은 마 중 마요, 마존 중 마존으로 불렸던 사람들인 것이다.

하지만 역시 장팔봉은 모르는 이름이었다. 그래서 반응이 영 심드렁하다. 여전히 노망든 두 늙은이로만 보일 뿐이니 더 그렇다.

"두 분이 대단했던 모양이죠?"

무영혈마 양괴철의 얼굴에 실망이 드리웠다.

그는 장팔봉이 제 이름을 들으면 즉시 꿇어 엎드려 벌벌 떨며 제발 살려달라고 애걸할 줄 알았던 것이다.

"흐흐, 어린것이라 뭘 모르는 모양이구나. 하긴, 네가 태어나지도 않았을 때의 일이니까."

애써 자위하며 머리를 끄덕이던 그의 몸이 갑자기 픽, 하고 눈앞에서 꺼져 버렸다.

"어라?"

장팔봉은 제 눈이 잘못되었나 싶었다.

자꾸 비벼보지만 역시 눈앞에 마주 앉아 있던 양괴철의 모습은 지워진 것처럼 사라지고 없었다.

'아니, 이게 대체 무슨 조화란 말이냐? 설마 내가 정말 귀신과 마주 앉아 얘기하고 있었던 건 아니겠지?'

그런 생각에 더욱 어리둥절해진다.

무정철수 곽대련이 흐흐, 웃었다.

"그놈 참, 그 나이가 되었으면 기력이 떨어질 만도 한데 여전히 청년처럼 팔팔하단 말씀이야? 커흠."

말을 하면서 다섯 손가락을 슬며시 바위 속으로 밀어 넣었다.

그걸 본 장팔봉이 눈을 부릅떴다. 찢어지려고 한다.

곽대련의 마른 삭정이 같은 손가락이 단단한 바위를 뚫고 천천히 박혀 들어가고 있었던 것이다.

무른 진흙을 찌르듯이 하지 않는가.

노인의 손가락이 뿌리만 남기고 바위 속에 완전히 박혀 버렸다.

뿌드득—

곽대련이 다섯 손가락을 움켜쥐자 요란한 소리가 났다.

그것을 아무렇지 않게 뽑아내는데, 한 줌의 바위 조각을 쥐고 있었다.

떡시루에 손을 쑥 넣어 떡 한 움큼을 뜯어낸 것처럼 아주 쉽게 바위 속살을 뜯어낸 것이다.

"대, 대체 어떻게 이런 일이……!"

장팔봉의 눈이 더 커졌고, 입은 딱 벌어졌다.

오직 지금 내가 보고 듣고 느끼는 것만 진실이고 진리라는 믿음을 가져왔는데, 이건 제 눈으로 보았으면서도 절대로 믿을 수 없었다.

저 위쪽, 비스듬히 천장을 향해 솟아올라 있는 바위 꼭대기에서 음침한 웃음소리가 들려왔다.

"히히히, 곽가 네놈도 만만치 않아. 그 나이가 되었으면 손가락의 기운이 빠져서 숟가락 들기도 힘들어야 할 텐데 여전히 바위를 주물러 대고 있으니 누가 그걸 믿을 것이냐?"

"어라?"

장팔봉은 기가 막혔다.

무영혈마 양괴철이 언제 저기에 가 있었나 싶었는데, 그의 모습이 또 퍽 하고 꺼지더니 불쑥 제 앞에 솟아났기 때문이다.

그래서 '것이냐?' 하는 마지막 말은 코앞에서 들렸다.

'이건 사람이 아니야. 내가 지금 요괴, 귀신들에게 붙잡힌 거다.'

장팔봉은 정신이 아뜩해졌다.

이 늙은이들이 저를 뜯어 먹겠다고 했을 때부터 수상쩍긴 했는데 이제는 확실하다고 믿는다.

"어떠냐? 우리의 이런 공부를 배우고 싶지 않으냐?"

곽 노인, 무정철수 곽대련이 진지하게 물었다.

"정말… 정말… 요괴가 아니란 말이지요?"

"히히, 요괴면 어떻고 아니면 또 어때? 어차피 이곳에서는 요괴도 사람도 다 필요 없는데 말이다. 그냥 지옥에 갇혀 있는 이상한 물건들만 있는 거야."

장팔봉이 심각하게 머리를 끄덕였다.

과연 이런 곳에서 오십 년 동안이나 산다면 사람이라고 할 수 없으리라는 생각이 들었던 것이다.

거의 요괴에 준하는 존재가 되었다고 봐야 하리라.

장팔봉이 망설인다고 여긴 곽대련이 넌지시 말했다.

"여기 있다 보면 무지하게 심심하거든? 할 일이 아무것도 없어. 그러니 소일 삼아서 배워보는 것도 좋을 것이다. 시간 가는 줄 모를 테니까."

"좋은 점은 그것만이 아니지. 다른 귀신들이 절대로 너를 뜯어 먹지 못할 거다."

무영혈마 양괴철이 끼어들어 부추겼다.

무정철수 곽대련이 즉시 맞장구를 친다.

"암, 그렇고말고. 우리 두 사람이 아끼고 사랑하는 제자라는데 어떤 귀신이 감히 손을 대겠어?"

"히히, 하지만 그렇지 않았다가는 과연 너 혼자서 한식경인들 이곳에서 살아남을 수 있을까?"

"잘 생각해 보는 게 좋을 거다. 커흠."

장팔봉은 기겁을 했다.

"아니, 이곳에 두 분 노인장 같은 귀신들이 더 있단 말입니까?"

곽대련이 말없이 손가락 세 개를 펴 보였다.

"우리 말고 이만큼 더 있다."

"세, 세 명씩이나?"

눈앞의 두 노인 같은 괴물이 세 명이나 더 있다니 맥이 다 빠진다.

"다른 놈들도 많다."

"더, 더 있다고요? 그것도 많이?"

"하지만 죄다 고만고만한 것들이고, 새까만 어린것들이니 신경 쓸 것 없지."

양 노인의 말에 곽 노인이 정색을 하고 말했다.

"오직 한 사람. 우리의 사랑스러운 백 사매만 신경 쓰면 된다. 나머지 놈들은 없는 걸로 쳐도 돼."

"히히, 하지만 너 혼자서 돌아다니면 그 '없는 놈' 들도 죄다 군침을 흘릴걸? 너는 당장 그놈들 중 누군가의 뱃속으로 들어가야 할 거다."

부르르—

장팔봉이 몸을 떨었다.

수많은 시커멓고 냄새나는 귀신들이 군침을 질질 흘려대며 저를 에워싸고 천천히 조여드는 상상을 한 것이다.

두 노인의 믿어지지 않는 무공으로 미루어보아 아직 만나보지 못한 세 노인도 그와 같을 것이다.

그들이 없다고 치는 많은 '없는 놈들' 역시 장팔봉 자신으로서는 감당할 수 없는 괴물들일 게 틀림없다.

"그러지요!"

그가 더 이상의 생각을 멈추고 크게 소리쳤다.

"두 분의 제자가 되겠습니다!"

즉시 엎드려 바닥에 아홉 번 머리를 쿵쿵 찧어댄다.

'이 귀신도 아니고 사람도 아닌 괴물들과 친하게 지내면 안전이 보장될뿐더러 이곳 어딘가에 있을 무림맹주를 찾는 일도 한결 쉬워질 것이다.'

그런 속셈은 조금도 드러내지 않았다.

흡족하고 기쁜 얼굴로 곽, 양 두 노인이 장팔봉을 바라보았다.

주름으로 뒤덮인 괴이한 얼굴 가득 미소가 천천히 번진다.

장팔봉이 그들의 눈치를 보며 아직 수갑이 채워져 있는 손을 내밀었다.

"저기, 그러면 이제 제자의 이것 좀 어떻게 해줄 수 없을까요?"

"쉽지."

곽 노인이 손톱으로 진흙 위에 금을 긋듯이 했다. 그러자 강철의 수갑이 가위로 자른 것처럼 매끈하게 절단되어 쩔그렁, 하고 땅에 떨어지는 것이 아닌가.

장팔봉이 눈을 휘둥그레 떴다. 그 믿지 못할 일에 다시 한번 놀란다.

"그럼 이건 내가 할까?"

질 수 없다는 듯 양 노인이 장팔봉의 다리를 묶고 있는 족쇄를 덥석 잡았다. 가볍게 비틀자 그 단단한 강철의 족쇄가 맥없이 갈라져 버린다.

마치 사과를 쪼개듯 해버리는 그 힘에 장팔봉은 더욱 기가 죽고 말았다.

눈앞의 두 노인이야말로 천하제일의 고수일 것이라고 믿지
않을 수 없다.

'뭐라고? 제자?'

숨어서 그 모든 일을 낱낱이 지켜보고 훔쳐 듣던 외눈박이
공 노인이 입을 딱 벌렸다.

'제자… 라고? 제자란… 말이지? 제기랄! 제자, 제자, 제
자……'

자꾸만 그 '제자' 라는 말과 '사부님' 하고 부르던 장팔봉의
음성이 머릿속에서 윙윙 울렸다.

'제자라……'

허공을 바라보는 공 노인의 눈빛이 아련해졌다.

이내 쓸쓸해진다.

대체 얼마 만에 들어보는 말인지 모른다.

여태까지 그는 제자라는 걸 생각해 보지 않았고, 필요하게
여기지도 않았다.

혼자서 강호를 주유했듯이 인생이란 오직 혼자서 그렇게 살
다 가는 거라고 생각하지 않았던가.

하지만 나이가 들어갈수록 가랑비처럼 촉촉하게 젖어드는
외로움은 어쩔 수 없었다.

저도 모르는 사이에 온통 젖어버렸다.

이 지옥 속에 떨어져서부터는 더욱 그랬다.

내 인생이 여기서 이렇게 끝나는구나 하는 생각에서 벗어날 수가 없었던 것이다.

그런데 제자라는 말을 듣자 머릿속에 뇌성벽력이 울리는 것 같은 충격이 왔다.

때로는 자식 같고 때로는 손자 같은 제자가 하나쯤 있었으면 좋겠다는 생각이 걷잡을 수 없이 밀려든다.

그래서 장팔봉을 사이에 두고 낄낄거리며 좋아하는 무정철수 곽대련과 무영혈귀 양괴철을 보자 부러운 마음이 절로 들었다.

더욱 쓸쓸하고 외로워진다.

쓸 만한 놈 하나 골라서 가르치고 키우는 재미가 얼마나 쏠쏠한 것인가.

그놈이 온갖 잔심부름을 다 해줄 것이며, '사부님, 사부님' 하고 부를 때마다 가슴이 뿌듯해질 것이다.

때로는 재롱을 떨어서 기쁘게 해주고, 때로는 앙탈도 부려서 심심치 않게 해주지 않겠는가.

모든 절기를 그놈에게 물려준다면 자신은 죽어서 흙으로 돌아가도 절기는 여전히 남아 세상을 두렵게 하리라.

'그 절기야말로 나의 분신과도 같고, 내 영혼이 깃들어 있는 것이니 나는 죽어도 죽는 게 아니다.'

외눈박이 공 노인은 그렇게 생각했다.

제자를 통해서, 그가 멋지게 사용하는 자신의 절기를 통해서 죽지 않고 살아 있는 거라는 생각이 들었다.

육체가 소멸되어도 존재는 연속되는 것이다.

하지만 제자 하나 없이 죽어버린다면 모든 게 덧없어지고 만다.

존재의 단절이 되어버리기 때문이다.

그런 걸 생각하자 공 노인은 가슴이 터질 것 같았다.

괜히 짜증이 나고 신경질이 난다.

두 노인, 곽가와 양가에 대한 부러움 때문에 미칠 것 같은 질투의 감정에 사로잡히기도 했다.

"아, 짜증난다."

공 노인이 제 머리카락을 마구 쥐어뜯었다. 그러더니 표정이 점점 심각해졌다.

외눈이 숯불처럼 이글거리고, 눈빛이 점점 강렬해진다.

*   *   *

"뭐라고? 제자?"

난쟁이 염 노인이 버럭 소리치며 펄쩍 뛰었다. 느긋하던 당 노인도 눈을 휘둥그레 뜬다.

"공가야, 방금 뭐라고 했느냐?"

"제기랄, 그 썩을 두 놈이 제자를 얻었단 말이다. 제자! 알아들어? 제자란 말이다, 제자!"

"아니, 뜬금없이 제자라니? 이 지옥에 그럴 만한 어린것이 어디 있어?"

공 노인이 손가락질로 영보동부가 있는 방향을 가리키며 제가 보고 들은 일을 마구 소리쳐 말하기 시작했다.

"…그래서 그렇게 되었단 말이다. 알겠냐?"

"……."

염가와 당가 두 노인의 얼굴이 서서히 굳어지더니 돌덩이처럼 딱딱하고 싸늘해졌다.

"제자란 말이지?"

"제자라… 제자……."

동시에 중얼거리는데 부러움과 질투, 그리고 외로움이 찐득하게 묻어나는 음성이고 표정이었다.

"그런데 그 어린것은 어디에서 떨어졌다더냐?"

당 노인의 물음에 공 노인이 신경질적으로 대답했다.

"흥, 귀양태원지령과 극음복령지수가 있는 곳이니 어디겠어?"

"그러니까 그놈이 초열지옥문으로 떨어져서 그런 기연을 얻었고, 두 늙은 괴물의 도움으로 살아났으며, 게다가 음양의 두 기운마저 한 몸에 갈무리하게 되었다 이거지? 맞지?"

"몇 번을 말해야 해!"

"허—"

당 노인의 얼굴이 허탈해졌다.

"그놈들이 하늘에서 뚝 떨어진 복덩이를 냉큼 받아 가진 거로구나."

"그렇지?"

"어이구, 배 아파라! 어이구, 배 아파라! 내가 못살아!"

난쟁이 염 노인이 심통이 잔뜩 난 얼굴로 볼을 부풀린 채 주
저앉아서 두 발로 바닥을 마구 비벼댔다. 떼쓰는 아이 같다.

"이럴 줄 알았으면 내가 차라리 그 두 놈에게 신나게 얻어터
질 걸 그랬다. 그랬으면 그놈들 대신 내가 그곳에 갔을 것이고,
그랬으면 그놈들이 아니라 내가 그 복덩이를 주웠을 것 아니
겠어? 어이구, 배 아파라."

염 노인의 그 생각은 공가나 당가 노인에게도 마찬가지였다.

속이 쓰리다 못해 구멍이 뚫릴 것만 같다.

그때 저쪽에서 곽가와 양가 두 노인이 장팔봉을 가운데 두
고 의기양양하게 걸어왔다.

"어이, 친구들! 그동안 행복했는가?"

무영혈마 양괴철이 한 손을 번쩍 들어 반갑게 흔들었다.

마치 오랜만에 친구를 찾아온 사람 같다.

"저, 저, 저놈이!"

그걸 본 난쟁이 염 노인이 펄쩍 뛰었다. 이마저 빠드득빠드
득 갈아댄다.

이번에는 무정철수 곽대련이 활짝 웃으며 소리쳤다.

"다들 여기 있었군! 다행이다! 아무도 뒈지지 않고 이렇게
살아 있어서 말이야! 아무튼 반갑구먼!"

양가와 곽가 두 노인의 천연덕스런 말과 행동에 외눈박이 공
노인도 이를 빠드득 갈면서 주먹을 움켜쥐고 부르르 떨었다.

그의 하나뿐인 눈에서 무시무시한 살기가 와르르 쏟아져 나
간다.

당 노인도 잔뜩 낯을 찌푸렸다.

그러면서 가슴 앞에 늘어진 흰 수염을 천천히 쓰다듬는 것이 무언가 심각한 생각을 하고 있는 게 분명했다.

느긋하게 다가온 곽, 양 두 노인이 그들에게 장팔봉을 소개했다.

"우리 두 형님의 공동 전인이니라. 커흠."

"뭐 하고 있는 게냐, 사랑스런 제자야? 자, 저 세 놈의 있으나마나 한 사숙에게 인사해야지?"

뻘쭘해 서 있는 장팔봉의 어깨를 두드린 곽 노인이 턱짓으로 한 사람씩 가리켰다.

"저놈이 잘난 척은 혼자서 다 하는 음흉한 당가 늙은이고, 저 난쟁이가 성질 개차반인 염가 늙은이다. 그리고 저 눈깔 하나뿐인 놈이 간교하고 교활한 공가 늙은이야. 앞으로 죄다 사숙이라고 불러라. 커흠."

곽 노인의 말에 공가와 염가 두 노인이 입에 거품을 물었다.

당 노인은 살짝 눈살을 찌푸렸을 뿐 아무런 내색도 하지 않고 여전히 탐스런 흰 수염만 쓰다듬고 있다.

그들 세 명의 노인을 차례로 돌아본 장팔봉은 그중 제일 점잖게 생긴 당 노인이 그나마 마음에 들었다.

염가와 공가 노인은 생긴 외모부터가 비호감이라 영 꺼림칙하게 여겨진다.

하지만 겉으로는 공손한 표정으로 손을 모았다.

"장팔봉입니다. 세 분 사숙께 인사드립니다."

"치워라, 이놈아!"

난쟁이 염 노인이 버럭 소리쳤다.

공 노인도 악을 쓴다.

"사숙이라니? 이 어린놈이 잘 발려진 고깃점이 되고 싶어서 환장한 모양이구나? 어디로 봐서 우리가 저 고약하고 멍청한 곽가와 양가보다 아래로 보인단 말이냐?"

곽가와 양가 두 노인은 히죽히죽 웃고만 있었다.

그게 공가와 염가 노인을 더욱 화나게 했다.

미칠 것 같다.

장팔봉이 어색하게 서 있자 당가 노인이 손짓을 했다.

"장팔봉이라고? 이리 와보아라."

그가 다가가자 대뜸 손을 뻗어 완맥을 움켜쥔다.

한줄기 서늘한 기운이 완맥을 통해 장팔봉의 몸 안으로 들어왔다.

그것이 기혈을 청소하듯이 샅샅이 훑는 느낌은 몸 안에 살아 있는 벌레 한 마리가 들어와 빠르게 움직이는 것 같았다.

불쾌하고 징그럽다.

한동안 자신의 내가공력을 장팔봉의 몸 안으로 흘려보내 그의 상태를 살펴본 당 노인이 손을 뗐다.

여태까지 무심하기만 하던 그의 얼굴이 심각해져 있었다.

"음—"

침음성을 흘리더니 보일 듯 말 듯 머리를 끄덕인다.

모든 걸 훔쳐보고 돌아와서 했던 공가 노인의 말이 사실이라는 걸 확인한 것이다.

'하지만 이상한걸?'

그가 머리를 갸웃거렸다.

곽, 양 두 노인이 장팔봉의 혈맥을 점검하면서 느꼈던 알 수 없는 기운을 당 노인 또한 느낀 것이다.

그게 무언지 정확히 알 수는 없지만 왠지 마음 한구석에 꺼림칙한 느낌이 남는다.

'이놈이 영초와 영수를 아무 대책 없이 처먹어서 그런 현상이 생긴 건지도 모르지.'

그렇게밖에는 짐작할 수가 없었다. 그렇다면 별로 대수롭지 않은 일이다.

당 노인은 과연 장팔봉의 몸 안에 무지막지한 기운이 깃들어 있다는 걸 확인한 걸로 충분하다고 생각했다.

장팔봉이 귀양태원지령과 극음복령지수의 정기를 흡수했고, 곽가와 양가의 도움을 받아 극성인 두 기운을 하나로 융합했다는 걸 확인한 당 노인은 심각하게 갈등하지 않을 수 없었다.

'이놈이 더 크기 전에 당장 죽여서 살을 뜯어 먹고 피를 쪽쪽 빨아 마셔 버리든가, 아니면……'

그렇게 한다면 장팔봉의 몸 안에 깃든 영물의 정화를 고스란히 섭취하게 되니 효능이 말할 수 없이 클 것이다.

'하지만 곽가와 양가 두 늙은이가 허락할 리가 없지.'

그게 마음에 걸리는 단 한 가지의 일이었다.

공가와 염가의 동의를 받는다면 곽, 양 두 놈을 거뜬히 상대할 수 있을 것이다.

하지만 이쪽의 세 사람도 크던 작던 부상을 입게 된다.

'아니지.'

당 노인이 속으로 머리를 흔들었다.

'우리가 심심풀이가 아니라 죽기 살기로 싸운다는 걸 안다면 백 사매가 곽, 양 두 늙은 것들의 편을 들지도 몰라.'

그러면 어느 쪽이 이긴다고 장담할 수가 없다.

백 사매는 그들 모두에게 껄끄러운 존재였다.

그녀가 겉으로는 중립을 지키고 있지만 곽, 양 두 노인에게 더 많은 정을 주고 있다는 걸 모두 다 안다.

여태까지 그녀가 자신들의 분란에 개입하지 않은 건 그게 단지 장난이라는 걸 알기 때문이다.

서로 죽일 듯이 욕을 해대며 치고받아도 정말 적개심이 있어서가 아니라 심심하고 무료한 일상이 지겨워서라는 걸 그녀는 잘 알고 있었던 것이다.

하지만 정말 목숨을 걸고 싸운다면 그녀도 가만있지 않을 것이다.

'하— 방법이 없구나.'

당 노인이 땅이 꺼질 듯이 한숨을 쉬었다.

第十章
장팔봉 쟁탈전

鳳鳴刀
봉명도

장팔봉 쟁탈전

"나 좀 보자."

불쑥 들려온 말에 장팔봉이 기겁을 하고 돌아섰다.

언제 다가온 것인지 등 뒤에 귀신처럼 소리도 없이 다가와 있는 사람은 외눈박이 노인이었다.

"공 사숙."

장팔봉이 즉시 한껏 겸양을 떠는 모습으로 손을 모으고 허리를 굽혔다.

"그 사숙 소리 좀 빼지 못해!"

공 노인이 신경질적으로 빽 소리친다.

"예, 사숙."

"이, 이 쥐방울만 한 놈이 그래도……."

"시정하겠습니다, 사숙."

"끄으으—"

거품을 물었던 공 노인이 와락 달려들어 장팔봉의 두 어깨를 움켜쥐었다.

장팔봉은 반항하지 않았다. 해봐야 소용없다는 걸 잘 알기 때문이다.

붙잡힌 두 어깨의 견정혈을 통해 뜨거운 기운이 무지막지하게 쏟아져 들어왔다.

달군 부젓가락을 몸 안에 쑤셔 넣고 마구 후벼대는 것처럼 지독한 고통이 밀려든다.

정신이 어질어질해질 지경이었지만 장팔봉은 어금니를 악물고 참았다.

비명을 터뜨리며 발악을 하기는커녕, 지금 뭐 하고 있느냐는 듯 두 눈을 멀뚱거리며 공 노인을 빤히 바라본다.

'이놈이?'

공 노인이 더욱 내력을 높였다. 고통이 두 배로 불어난다.

하지만 장팔봉은 여전히 이를 악물고 참았다. 실실 웃어 보이기까지 한다.

'이놈이 정말?'

공 노인에게 오기가 생겼다. 하나뿐인 눈에서 살기를 와르르 쏟아낸다.

내력을 더욱 높였고, 장팔봉이 겪는 고통은 네 배가 되었다.

"끄으음—"

그의 입에서 비로소 들릴 듯 말 듯 미약한 신음성이 흘러나왔다. 하지만 얼굴을 푸들푸들 떨고 눈에 핏발이 서면서도 입은 여전히 웃고 있었다.

'아주 죽여 버릴까?'

공 노인에게 그런 유혹이 참기 힘들 만큼 밀려드는 건 장팔봉의 지독한 인내력에 질렸기 때문이다.

이게 지독해도 이만저만 지독한 놈이 아니고, 이런 놈이 장차 앙심을 품으면 얼마나 모질고 악착같을지 잘 아는 까닭이기도 하다.

조금만 더 내력을 높인다면 장팔봉은 견디지 못하고 죽게 뻔했다.

하지만 공 노인은 수없이 갈등했을 뿐 끝내 그렇게 하지 못했다.

"으허허허, 과연 강단이 있는 녀석이로구나. 암, 사내대장부라면 그 정도의 오기와 독기는 가지고 있어야지."

슬며시 내력을 거두어들인다.

'지독한 늙은 괴물 같으니. 어디 두고 보자.'

장팔봉은 속으로 이를 갈았다. 하지만 얼굴은 여전히 벙긋벙긋 웃고 있었다. 속도 없는 놈 같다.

"커흠! 내가 너를 일부러 괴롭힌 게 아니다. 그저 너의 몸 안에 잠재되어 있다는 영물의 기운이 어느 정도인지 파악해 보고자 했을 뿐이야. 너도 잘 알지?"

"예, 사숙."

"끄응—"

장팔봉이 유난히 사숙이라는 말에 힘을 주었으므로 공 노인은 화가 치밀어 미치고 환장할 것만 같았다.

하지만 장팔봉 못지않은 인내심으로 눌러 참는다.

억지로 미소를 띠고 음성마저 부드럽게 해서 타이르듯 말했다.

"왜 자꾸 나를 사숙이라고 부르는 거냐? 그러지 말라고 했잖아."

"두 분 사부님이 제게 그렇게 하라고 하셨으니 저는 목에 칼이 들어와도 두 분 사부님의 명을 지킬 수밖에 없습니다."

이번에는 '두 분 사부님' 이라는 말을 유난히 강조한다.

"끄응—"

공 노인이 다시 된 숨을 내쉬었다.

사부님이라는 말이 못이 되어 가슴에 박힌 탓이다.

"애야."

"예, 사숙. 말씀하십시오."

포기할 수밖에 없다.

한숨을 쉰 공 노인이 한껏 은밀한 음성으로 말했다.

"곽가와 양가 그놈들이 어떤 말로 너를 꾀었는지는 모르겠다만 너는 선택을 잘해야 할 것이다."

"예?"

"자고로 사부를 정하는 일은 인륜지대사라고 할 만큼 중요한 일이다. 그렇지 않으냐?"

"그렇습지요."

"어중이떠중이를 사부로 삼았다가는 빼도 박도 못하게 되는 거야."

'뭘 빼도 박도 못한단 말이냐?'

따져 묻고 싶은 마음이 굴뚝같지만 이번에는 장팔봉이 참았다.

공손한 표정으로 고개를 끄덕인다.

공 노인이 흐뭇한 얼굴을 하고 다시 말했다.

"사부는 무공이 높고 인품이 고상한 사람을 택해야 후회가 없느니라. 그렇지 않으냐?"

"두 분 사부님의 무공은 천하제일이십니다."

"흥, 곽가 양가 그놈들이 천하제일이라면 나는 우주제일이다."

"예?"

"이 불쌍한 녀석아, 너는 초짜라서 아직 잘 몰라. 나의 무공으로 말할라 치면 곽가 양가 그 두 놈은 물론이고 이곳에 있는 다른 놈들을 모두 합친 것보다 훌륭하단다. 인품 또한 너그럽고 자애롭기 짝이 없지. 커흠."

"……"

"왜, 믿지 못하겠느냐?"

"아닙니다, 사숙. 사숙이 그렇다면 그런 거지요. 그렇지 않습니까, 사숙?"

"쯧쯧, 그놈의 사숙 소리 좀 제발 그만둘 수 없느냐?"

"생각해 보겠습니다, 사숙."

"끄응—"

공 노인은 장팔봉에게 제 말이 전혀 먹혀들지 않았다는 걸 알았다.

'하긴, 내 허풍이 좀 지나치긴 했지?'

"아무튼, 그러니 너는 그 두 놈을 버리고 내 제자가 되는 게 좋겠다. 그러면 내가 확실하게 너를 천하제일의 고수로 만들어주지."

"두 분 사부님께서 몹시 화를 내실 텐데요?"

"아무 걱정 마라. 내 곁에 딱 붙어 있기만 하면 돼. 어떤 놈도 너의 털끝 하나 건들이지 못할 것이다."

"정말 곽, 양 두 사부님이 한꺼번에 공격해도 자신이 있단 말입니까?"

'어라?'

장팔봉의 마음이 흔들린다고 여긴 공 노인의 얼굴에 희색이 만연해졌다.

"커흠, 물론이지. 그 두 놈이 죽을힘을 다 써도 내 한 팔을 감당하지 못할 것이다. 그러니 너는 나만 믿으면 돼."

"하지만 두 분 사부님께 이제 와서 무르겠다고 말씀드리기가 좀… 신세진 것도 있고 해서……."

"알아, 알아. 그건 내가 대신 말해주겠다. 그놈들에게 신세진 것도 내가 대신 갚아주지. 그럼 되겠느냐?"

공 노인의 마음이 한껏 들떠 있는데 저쪽에서 싸늘한 음성이 들려왔다.

"공가 괴물아, 너 지금 거기서 뭘 하고 있는 거냐?"

"응?"

공 노인이 화들짝 놀라 돌아본 곳에 난쟁이 염 노인이 잔뜩 의심하는 얼굴로 서 있었다.

그를 본 공 노인이 재빨리 안면을 바꾸고 장팔봉에게 으르 렁댔다.

"알았지? 까불면 죽는다?"

험악하게 말하면서 하나뿐인 눈을 끔벅거리는 걸 잊지 않았 다.

"커흠! 내가 이 버르장머리없는 녀석에게 교훈을 좀 내려주 고 있는 중이었지. 다 됐으니까 얼른 가자. 커흠."

몰아세우듯이 난쟁이 염 노인을 떠밀며 동혈 밖으로 몰아갔 다.

                    *   *   *

지하 뇌옥은 커다란 호리병을 세워놓은 것 같은 구조였다.

중앙 광장 위에 까마득히 높은 곳이 뻥 뚫려 있어서 그리로 낮에는 햇빛이 비쳐 들어왔고 밤에는 달빛이 흘러들어 왔다.

삼백여 장도 넘어 보이는 높이인지라 나는 새라고 해도 쉽 게 넘나들 수 없을 것이다.

게다가 위로 올라갈수록 급격히 좁아지니, 역경사가 심해

제아무리 절정의 벽호공을 지닌 자라고 해도 벽을 타고 기어오를 수도 없다.

그러므로 이곳은 천연의 동굴이자 함정이었다.

그 광장을 중심으로 수백 개의 동굴이 산지사방에 뚫려 있었다.

어디까지 얼마나 이어져 있는지는 아무도 알지 못한다.

멋모르고 뛰어들었다가는 길을 잃고 헤매다가 굶어 죽을 수밖에 없는 구조인 것이다.

더 깊은 곳으로는 빛도 들어가지 못해 칠흑처럼 어두울 것이다.

그래서 지옥에 갇힌 수인들은 빛이 닿는 곳까지만 그들의 활동 범위로 삼고 있었다.

그들이 각기 영역을 정하고 기거하는 몇 개의 동굴 안에는 벌집처럼 천연적인 동혈이 수도 없이 뚫려 있었는데, 수인들은 적당한 동혈을 제 거처로 삼아 살아가고 있었다.

다섯 노괴물 역시 그중 한 동굴을 택했고, 그곳에 나 있는 수많은 동혈들 속에서 적당히 취향에 맞는 굴을 찾아 제집으로 삼았다.

수인들은 그들 다섯 노괴물이 사는 동굴을 염라소(閻羅所)라고 불렀다.

이 호리병 지옥 속에서 누구도 접근할 수 없는 금지(禁地)이기도 하다.

곽, 양 두 노인을 따라 염라소로 들어온 장팔봉은 크고 쾌적
해 보이는 곽 노인의 동혈에 머물겠다고 했다.

그러자 양 노인이 제집을 버리고 그리로 합치겠다고 강력하
게 주장했다.

혹시라도 곽가가 장팔봉을 독차지할까 봐 감시하려는 속셈
이다.

그 흉중을 잘 알면서도 장팔봉을 나누어 갖기로 단단히 약
속한 곽 노인으로서는 거절할 명분이 없었다.

지금 두 노인은 어딘가로 갔고, 장팔봉 혼자서 동혈을 지키
고 앉아 있는 중이었다.

그 틈을 노린 듯이 공 노인이 찾아오더니 다시 염 노인이 찾
아왔고, 둘이 함께 떠났다.

그랬나 싶었는데 조금 지나자 난쟁이 염 노인이 슬그머니
다시 찾아왔다.

"들어가도 되겠어?"

동혈에 이미 들어와 있으면서도 허락을 구했는데, 살살 녹
는 간드러진 음성이었다. 몸마저 수줍음 타는 소녀처럼 배배
꼬고 있다.

'이런 젠장할.'

장팔봉이 제 몸을 마구 긁어댔다. 온몸에 닭살이 돋았던 것
이다.

하지만 내색할 수 없다.

"무슨 일이시죠?"

"그게 말이지, 그러니까… 지금 너 혼자지?"

염 노인이 동혈 입구에 서서 사방을 두리번거렸다.

혹시 곽가와 양가가 오고 있는 건 아닌지, 근처에 숨어 있는 또 다른 놈이 있는 건 아닌지 확인하고 또 확인하는 것이다.

안심한 그가 뒤뚱거리며 구르듯이 동혈 안으로 걸어 들어왔다.

"너는 어떻게 생각하는지 모르겠는데, 나는 다른 놈들과는 다르거든? 그걸 아는지 모르겠다."

"예?"

"뭐, 나는 네가 사숙이라고 불러도 속 좁은 공가 놈처럼 화내지 않아. 내 몸은 이래도 마음은 그 어떤 놈보다 넓다. 그걸 알려주려고."

"예, 그러세요?"

"너 이 세상에서 가장 끔찍하고 무서운 게 뭔지 아니?"

'바로 너 같은 괴물이다' 하는 말이 목구멍까지 올라왔지만 참을 수밖에 없다.

"모르는구나? 흘흘, 내가 그럴 줄 알았지. 가르쳐 줄까?"

"뭐, 그러시든지……."

"잘 봐라."

염 노인이 손바닥을 활짝 폈다.

"어라?"

장팔봉의 눈이 휘둥그레진다.

노인의 쪼글쪼글한 작은 손바닥이 빠르게 부풀어 올랐던 것이다.

어쩌면 저렇게 될 수 있는지, 커다란 호밀 전병처럼 커졌다.

그것이 붉은 기운을 띠기 시작했다.

점점 더 붉어지다가 기어이 불덩이처럼 달아올랐다.

치지직—

염 노인이 그 손으로 단단한 바위를 움켜쥐자 그것이 녹아내렸다.

마치 한 덩어리의 눈뭉치 위에 이글거리는 숯불을 올려놓은 것 같았다.

"화염마장이라는 것이다. 엣헴."

"화염마장……."

장팔봉은 사람의 손이 저렇게 변할 수 있다는 데에 놀랐고, 그것이 보여주는 무시무시한 위력에 또 놀랐다.

염 노인이 우쭐거리며 말했다.

"천하의 장법 중에서 이것보다 더 극양하고 무서운 장법은 없느니라. 소림사 땡중 놈들의 대수인보다 훨씬 더 무섭지."

하지만 장팔봉에게는 그런 것에 대한 관심 따위는 없었다. 대수인(大手印)이 소림사의 칠십이종절기 중 하나라는 것도 알 리가 없다.

염 노인의 손이 희한하게 변하고, 그 위력이 무시무시하다는 것만 신기하게 여길 뿐이다.

눈을 멀뚱거리며 바라보는데, 제가 본 것을 믿을 수 없다는
표정이었다.

염 노인이 다시 말했다.

"이걸 대성하면 제아무리 단단한 쇠붙이라 해도 한 줌 쇳물
로 녹여 버릴 수 있지. 하물며 사람이겠느냐? 그러니 이것이야
말로 천하에서 가장 끔찍하고 무서운 장법인 거야."

"과연 그렇겠군요."

"흘흘, 어때? 이걸 가르쳐 줄까?"

배운다면 맨손으로 보검, 보도를 상대한다고 해도 두려울
게 없겠다는 생각이 들었다.

욕심이 난다.

"시간이 많이 걸리나요?"

"뭐, 너 하기 나름이지. 타고난 자질도 물론 중요한 요소이
긴 하지만 나의 친절한 지도가 곁들여진다면 과히 어렵지도
않을 거야."

"그러니까 시간이 많이 걸리느냐고요."

"나는 이걸 대성하는 데 꼬박 오십 년이 걸렸느니라. 이 지
옥에 떨어지고 나서 뭐 할 게 있어야지. 죽어라고 이것만 연구
하고 연마했던 거야."

"그럼 이곳에 오기 전에는 별 볼일 없었겠군요?"

장팔봉이 심드렁해져서 말했지만 염 노인은 과연 화를 내지
않았다.

실실 웃는다.

장팔봉에게는 그게 더 기분 나쁜 일이기도 했다.

"오성 정도만 익히고 있었지. 그래도 천하에서 나, 왜마왕 염철석을 무시할 수 있는 자는 없었느니라."

왜마왕(矮魔王) 염철석(廉鐵石).

그 이름이 오십 년 전만 해도 강호의 뿌리 깊은 공포이면서 골칫거리였다는 걸 장팔봉이 알 리가 없다.

강호가 왜마왕의 화염마장(火焰魔掌) 때문에 하루도 조용할 날이 없었던 것이다.

오성의 성취를 이루었을 뿐인데도 왜마왕 염철석의 장력을 당할 자가 극히 드물었다.

그래서 마도의 무리 중 장력제일의 마왕으로 군림했다.

한때는 눈만 부릅떠도 세상이 숨을 죽였던 대마왕이었는지 몰라도 지금 왜마왕 염철석은 장팔봉의 마음을 빼앗기 위해 안달하는 난쟁이 늙은이에 지나지 않았다.

'어떻게 하든 저놈을 내 제자로 삼고야 말 테다. 다른 놈들에게 따돌림당하고 싶지는 않단 말씀이야.'

그게 지금 왜마왕 염철석의 간절한 마음이었다.

지금의 대세는 장팔봉이라는 걸 그는 확실히 파악하고 있었다.

그가 곽가와 양가의 공동 전인이 된 다음부터 그렇게 되었던 것이다.

나머지 세 노인은 곽가와 양가에게 질투와 경쟁심을 가질 수밖에 없었는데, 그건 그들 사이에 언제나 분란을 일으키는 집요함이었다.

누가 동굴 쥐 한 마리를 잡아서 자랑하면 그 즉시 나머지 네 명은 천지사방을 뒤지며 동굴 쥐를 잡기 위해 혈안이 되곤 했다.

그게 안 되면 잡은 놈의 것을 빼앗기 위해서 머리통 깨지도록 싸웠다.

다 가졌는데 나만 갖지 못하면 놀림감이 되기 때문이다.

반대로 아무도 갖지 못한 걸 나 혼자 가지고 있으면 모두의 부러움을 사며 우쭐댈 수 있다.

이 지옥 안에서 그것보다 신나고 통쾌한 일은 없었다.

그렇게 하지 못하면 화가 나기도 하지만 그전에 자존심이 상해서 미칠 지경이 되니 괴로운 일이다.

'저놈이 한다면 나도 할 수 있다.'

그런 엉뚱한 호승심과 질투심이야말로 이 답답한 공간 속에서 그들이 그나마 의욕적이고 투쟁적으로 살아갈 수 있게 해주는 유일한 삶의 원동력이었다.

지옥 바깥의 세상 사람들은 도저히 이해할 수 없으리라.

그런데 곽가와 양가가 다른 것도 아닌 제자를 얻었다.

그것도 영초와 영수의 기운을 한 몸에 꽉꽉 채워 넣은 기막힌 놈이 아닌가.

나머지 세 노인이 속으로 이를 박박 갈며 벼르는 건 당연했다.

어떻게 해서든 장팔봉을 꾀어서 제자로 삼으려고 혈안이 되어 있다.

다섯 노인들 사이에 그를 제자로 삼는 자가 최종적인 승리 자라는 무언의 내기가 성립되어 있었던 것이다.

곽가와 양가 두 노인이 이미 장팔봉을 제자로 삼은 건 인정하려 들지 않았다.

그들은 아무것도 모르는 장팔봉을 얼떨결에 주운 것에 지나지 않았기 때문이다.

"어떠냐? 나와 함께 이것을 연마해 보지 않으련?"

"거저 가르쳐 주겠단 말인가요?"

"그건 아니지. 엣헴. 대저 무엇을 가르쳐 주고 배우는 사람 사이에는 하나의 법칙이 존재하지 않느냐? 서로 간의 약속이면서 사회적인 통념이기도 하고 관계의 정립이기도 한 건데… 그게 선행되어야 비로소 공통의 목적을 지향하는 양자 간의 합의가 이루어졌다고 할 수 있지. 그래야만 제대로 가르쳐 주고 가르침을 받게 되는 것이란다."

어려운 말이다.

장팔봉이 코웃음을 쳤다.

"그러니까 제자가 돼라, 이 말 아닌가요?"

"그, 그렇지. 엣헴."

"그냥 쉽게 말해도 알아듣습니다. 머리에 쥐 나가며 비비 꼴 필요 없거든요?"

"그게… 그러니까… 그러냐? 엣헴."

"생각해 보고요."

"생각이라고? 아니, 그냥 지금 대답 한마디만 하면 될 걸 가지고 생각은 무슨……. 네 단순한 머리를 너무 혹사시키지 말고 그냥 아무 생각 없이 간단하게 '예' 하고 대답만 해. 그럼 끝이다."

'단순한 머리?'

'뭐? 생각해 보고요? 이놈이 감히 내 말을 씹어?'

장팔봉의 눈매가 실쭉해질 때 왜마왕 염철석의 가슴속에서는 분노가 부글부글 끓어오르고 있었다.

언제 이렇게 애원해 본 적이 있었던가.

원하는 게 있으면 저벅저벅 걸어가서 '내놔!' 하고 소리치면 그만이었다.

죽이고 싶은 놈이 있으면 저벅저벅 걸어가서 '내놔!' 하고 소리쳤다.

그러면 어떤 놈이든 알아서 제 목을 디밀어주지 않았던가. 눈물을 뚝뚝 떨어뜨리든 말든 상관하지 않았다.

그런데 생각해 보겠다니?

무시당한 것 같아서 자존심이 심하게 상했다.

당장 염화태력(炎火太力)으로 잘근잘근 짓밟고, 화염마장(火焰魔掌)으로 녹여서 한 줌 육수로 만들어 버리고 싶은 충동을 참기 힘들었다.

하지만 그랬다가는…….

'에휴, 제자 하나 얻기가 이렇게 힘든 건 줄 예전에는 미처 몰랐구나.'

성질을 죽이는 수밖에 없다.

왜마왕 염철석이 두 눈 가득 애처롭고 처량한 기색을 담은 채 슬프게 말했다.

"그래, 뭐든 신중하게 생각하고 결정해야 안전한 법이지. 뭐, 그래도 후회가 남는 일도 있긴 하지만 말이다."

"조금 있으면 또 한 분이 오실 겁니다. 그러면 마저 이야기를 들어보고 선택을 하지요. 원래 물건을 살 때는 이것저것 잘 살펴보고 설명을 들어본 다음에, 가능하다면 성능 시험까지 해보고 나서 과연 어떤 게 나에게 가장 필요한 것인가를 결정하고 사는 거잖아요? 그게 속지 않고 살아가는 첫 걸음이지요."

"뭐? 물건을 살 때라고?"

왜마왕 염철석이 저도 모르게 주먹을 불끈 쥐었다.

이를 악물고 부들부들 떤다.

장팔봉을 노려보는 눈길에 무시무시한 살기가 실려 이글거렸다.

'이, 이, 이 죽일 놈이 감히 나의 절기를 물건이라고 해? 내가 절기를 파는 장사꾼으로밖에는 안 보인단 말이지? 이걸 그냥 패 죽여 버리고 말까?'

그런 충동을 참기가 정말 힘들었다.

'가만, 그런데 한 놈이 또 온다고? 그렇지. 당가 늙은이가 아직 다녀가지 않은 모양이구나. 그렇다면 조금 더 참고 있을 수밖에 없군. 제기랄.'

그 당가 노인이 왔다.

앞서의 공가나 염가 노인들과는 달리 당당하게 걸어 들어온 것이다.

"어라?"

장팔봉이 눈을 휘둥그레 떴다.

혼자서 온 게 아니고 곽, 양 두 노사부와 동행하고 있었기 때문이다.

언제 저렇게 친해진 건지 서로 손을 꼭 잡은 채 만면에 흐뭇한 웃음을 띠고 있다.

"사부, 당 사숙."

장팔봉이 포권하고 인사했다.

곽, 양 두 늙은 마귀의 얼굴에 흐뭇한 미소가 가득해졌다. 장팔봉을 바라보는 눈길에 따뜻한 정이 철철 넘쳐흐른다.

사부라는 소리를 듣는 게 세상에서 가장 즐겁고 행복하다는 얼굴이었다.

당 노인은 사숙이라는 말에 살짝 눈살을 찌푸렸지만 개의치 않았다.

장팔봉은 이곳에서 만난 다섯 명의 괴노인 중 그 당 노인에게 가장 마음이 끌렸다.

생긴 게 그중 사람 같았기 때문인데, 옷만 잘 걸치고 적당히 치장을 한다면 신선의 풍모가 따로 없을 것이다.

그렇게 생긴 사람이 어째서 이 지옥에 떨어지게 된 건지 의

아했다.

그가 한때 절세신마로 불렸다는 걸 이해할 수 없기도 하다.

절세신마(絶世神魔) 당백련(唐栢連).

그게 당 노인의 내력이었다.

그가 천하제일신마요, 마존 중의 마존이라고 불리던 끔찍한 대마인이라는 걸 장팔봉이 알 리 없다.

안다고 해도 당 노인의 점잖은 모습을 보면 여전히 믿지 못했을 것이다.

장팔봉은 그 당 노인이 은연중에 이곳에 있는 다섯 괴인들의 우두머리 역할을 하고 있다는 걸 알았다.

기고만장하던 곽, 양 두 사부도 당 노인에게는 반보쯤 양보하고 있었던 것이다.

"우리 백 사매에게 가볼까?"

한동안 한담을 하던 그들이 당 노인의 그 한마디에 자리에서 벌떡 일어섰다.

한담이라고 해봐야 지금 이곳에 없는 두 노인을 서로 돌아가며 헐뜯고 흉보는 게 다였다.

그래서 장팔봉은 하품만 했다.

한심하게 여겨지기도 해서,

'내가 정말 이런 사람들을 사부로 모셔야 하는 건가?'

하는 회의마저 들기도 했지만 그걸 겉으로 내색하지는 않았다.

다른 사람들과 달리 당 노인, 절세신마 당백련은 떠날 때까지 장팔봉에게 절기 운운하는 말은 물론 제자 운운하는 말을 한마디도 꺼내지 않았다.

어디까지나 위엄있고 담담한 모습으로 염 노인과 공 노인을 헐뜯고 욕했을 뿐이다.

하지만 동혈을 나서기 전에 장팔봉에게 은근한 눈길을 한 번 던져 주는 걸 잊지 않았다.

저 사람이 과연 조금 전까지도 두 사부와 장단을 맞춰가며 공가와 염가 노인을 헐뜯어대던 그 사람인가 의심이 갈 정도였다.

시시덕거리던 그들이 싹 떠나고 나자 잠시 후에 다시 한 사람이 불쑥 찾아왔다.

처음에 왔다가 염 노인에게 들켜서 멋쩍게 돌아갔던 외눈박이 공 노인이었다.

"염가 늙은 주책바가지가 다녀갔지?"

대뜸 그것부터 묻는다.

"예, 사숙."

"끄응—"

"어디 불편하신가요, 사숙?"

"끄으응—"

장팔봉은 공 노인을 보면 왠지 자꾸 놀려먹고 싶었다. 그가 추괴한 얼굴을 일그러뜨리며 끙끙거리는 게 재미있었던 것이다.

어쩔 수 없다는 듯 낙심한 얼굴이 된 공 노인이 말했다.

"너는 내가 누구인지 아느냐?"

"사숙입지요."

"그것 말고, 이놈아."

"모릅니다, 사숙."

"끄응— 그래, 귓구멍을 청소하고 잘 들어라. 커흠."

"예, 사숙."

"내가 바로 독안마효 공자청이니라. 커흠."

실눈을 뜨고 장팔봉을 바라보는 것이 그가 깜짝 놀라 자빠지기를 잔뜩 기대하고 있는 게 분명했다.

하지만 장팔봉은 눈을 멀뚱거리며 공 노인을 바라볼 뿐이었다.

'그래서 뭐?'

"모르는 게로구나?"

"예, 사숙. 소질이 워낙 나이가 어리지 않습니까."

"하긴."

독안마효(獨眼魔梟) 공자청(孔瓷靑).

그건 다른 네 노인에게 절대로 뒤지지 않는 이름이었다.

강호의 대재앙이라고까지 불렸던 사악하고 무지막지한 이름인 것이다.

한때 강호가 그로 인해 피에 젖은 적도 있었다.

지금이라도 그가 강호에 다시 나간다면 수많은 마졸들이 오체투지할 것이고, 정파의 고수, 기인들은 낯빛이 새파랗게 질려서 전전긍긍할 것이다.

하지만 지금 그는 다른 노인들과 마찬가지로 이 답답하고 지겨운 지옥 속에서 어떻게 하면 조금이라도 재미있는 일을 만들 수 있을까 하는 데에 골몰해 있는 심심하고 가엾은 노인에 지나지 않았다.

그래서 그에게는 장팔봉을 꾀어내겠다는 각오가 대단했다.

그러면 한바탕 풍파가 일 것이고, 네 노인이 길길이 날뛰며 악을 쓰는 걸 즐기는 재미가 클 것이기 때문이다.

그것도 그렇지만, 제자라는 그 말에 대해서 갑자기 생겨난 집념과 집착이 대단하기 때문이라고 해야 할지도 모른다.

제 존재가 머지않아 사라질 것임을 알고 있기 때문이다.

제자를 통해서 존재의 연속선을 유지하고 싶은 열망이 그래서 갑자기 더욱 깊고 커졌던 것이다.

第十一章

심부름 하나 해줄래?

鳳鳴刀
봉명도

심부름 하나 해줄래?

"이거 한번 구경해 볼래?"

"뭔데요?"

"염왕진무(閻王震舞)라는 건데, 아주아주 무시무시한 거란
다. 염가 그놈의 화염마장 따위는 어린애 장난 같은 거지. 커
흠."

엿보고 있었던 게 틀림없다.

하지만 공자청은 시치미를 뚝 뗐고, 장팔봉도 모르는 척했
다.

"그래요? 제가 볼 때는 화염마장이야말로 가장 지독한 무공
인 것 같던데……."

"이놈아, 그건 네가 아직 어린 탓에 뭘 잘 몰라서 그러는 게

야. 염가 그놈도 내 염왕진무 앞에서는 깨갱 하고 꼬랑지를 낮추느니라. 커흠."

"그래요? 염 사숙이 오시면 정말 그런지 물어봐도 되겠지요?"

"뭐, 뭐라고?"

의기양양해하던 독안마효 공자청의 괴이한 얼굴이 즉시 울상이 되었다.

"얘야, 그건 말이지, 커흠, 뭐라고나 할까? 그러니까 말이지……."

"아, 저기 염 사숙이 오시는군요. 마침 잘됐다."

"뭐시라?"

그 말에 공자청이 새파랗게 질려서 허겁지겁 돌아보았지만 장팔봉이 가리킨 곳에는 아무도 없었다.

"어라, 그새 사라져 버리시네? 역시 염 사숙의 경공신법은 귀신같단 말이야?"

장팔봉은 시치미를 뚝 뗐고, 그를 노려보는 공자청의 외눈에서는 금방이라도 잡아먹을 것 같은 살기가 이글거렸다.

'이 어린놈이 감히 나를 놀려? 이걸 그냥 확!'

하지만 공자청은 또 참을 수밖에 없었다.

목적을 이루기 전까지는 어쨌든 참아야 한다는 생각으로 어금니를 악문다.

"이건 말이지, 천하제일의 박투 비법이 담겨 있는 춤이란다. 공수가 완벽한 조화를 이루니 지킬 때면 바람도 통과하지

못하고, 후려칠 때면 두 손으로 천라지망을 펼친 것 같지. 어
느 놈도, 어떤 무공도 그것에서 무사할 수 없느니라. 커흠."

"그래요? 춤인가요? 난 노래하고 춤추는 게 좋은데."

"그래? 흐흐흐, 척 봤을 때 네가 풍류를 즐길 줄 아는 기특한
녀석이라는 걸 알아봤느니라. 우리는 서로 통하는 게 있구나.
잘된 일이야. 암."

장팔봉이 호기심을 보이자 공자청의 입이 찢어졌다.

"어디 한번 볼까요?"

"보여주고말고. 자, 그럼 잘 봐라."

그 즉시 공자청이 보폭을 넓게 하고 두 팔을 떨쳐 학이 날개
를 펴듯 하더니 덩실덩실 춤을 추기 시작했다.

나아가는 걸음이 얼음 위에 미끄러지는 것 같고, 비켜서는
몸짓이 우아한 갈대 같다.

물러설 때는 그림자가 꺼지듯 하는데 그 보법의 신묘함에
눈이 어질어질할 지경이었다.

두 손으로는 허공을 잡고 움켜쥐다가 냅다 밀어내기도 하
고, 가볍게 손목을 꺾어 후려치더니 재빨리 털어낸다.

손바닥이 주먹으로 화했을 때는 범종을 두드리는 타목인 듯
힘찼다. 그러다가 그것이 온갖 형태의 장법으로 바뀌면 정교
하고 섬세하기가 바느질하는 규중처자의 손놀림처럼 날렵했
다.

비록 내력을 싣지 않아서 웅장하고 날카로운 경력이 뻗어
나가지는 않았지만 그 속에 숨겨져 있는 위험하고 악독하며

치밀한 기운을 느끼기에는 부족하지 않았다.

그러나 초식의 형태만은 완벽한 춤사위나 다름없어서 지극히 아름다웠다.

절도있게 손발을 놀릴 때면 용맹한 장수가 창법과 검법을 시범 보이는 것 같았고, 점잖게 맴돌 때는 학식 높은 선비가 예악에 맞추어 제례를 올리는 것 같았다.

남자다움과 여성스러움이 조화를 이루어서 권법은 웅장했고, 장법은 섬세했다.

얼른 보기에도 그 안에 금나와 타격, 유술은 물론 강과 유, 완급이 신체의 신축과 함께 완벽한 조화를 이루고 있어서 마음이 황홀해진다.

"아!"

한바탕의 춤사위가 끝났을 때 장팔봉은 저도 모르게 감탄의 외침을 터뜨렸다.

꿈을 꾸듯이 몽롱한 눈으로 공자청을 바라보는데, 지금까지 짓궂게 굴었던 저의 경솔함을 뉘우치는 것 같기도 했다.

"어떠냐?"

"최고로군요. 정말 최고예요. 소질이 여태까지 기루에서 숱한 기녀들의 춤을 보았지만 공 사숙의 이것에 비하면 하늘과 땅만큼이나 차이가 있습니다. 눈이 다 밝아진 것 같습니다."

장팔봉은 진심으로 엄숙하게 말한 것이다.

하지만 공자청의 눈에서는 분노와 살기가 걷잡을 수 없이 치솟아 이글거렸다.

'뭐, 뭐시라? 기생의 춤? 이, 이 쳐 죽일 놈이 감히 나의 염왕진무를 기생의 춤에 비교해?'

'뭐가 잘못됐나?'

장팔봉도 즉각 그런 공자청의 바뀐 분위기를 읽었다. 당황한다.

대로한 공자청이 천천히 손을 뻗었다.

목줄기를 움켜쥐어 오는데, 장팔봉은 두 눈을 크게 뜨고 뻔히 바라보면서도 움직일 수가 없었다.

보이지 않는 공자청의 내가기공이 거미줄처럼 온몸을 옭아매고 있었던 것이다.

'내가 이런 모욕까지 참는다면 어찌 독안마효 공자청이라고 할 수 있겠는가. 나중에야 어찌 되더라도 지금은 이놈을 짓이겨 죽여 버리고 말 테다.'

그런 악독한 마음이 공자청을 공자청답게 만들어주었다.

'제기랄, 주둥이 한번 잘못 놀렸다가 기어이 개죽음을 당하는구나.'

장팔봉은 체념의 상태가 되었다.

몸을 움직이기는커녕 숨을 쉬는 것조차 어려울 만큼 온몸과 영혼이 무겁게 짓눌려 있었던 것이다.

무어라고 변명을 하고 싶어도 가위눌린 것처럼 입조차 벌릴 수 없으니 소용없었다.

이게 바로 절대고수의 진정한 면모인가 보다 하는 뒤늦은 깨우침이 들 뿐이다.

서서히 다가오는 공자청의 손은 저승자사의 갈퀴와 같았다.
끔찍하고 두렵다.

장팔봉은 태어나서 처음으로 진정한 두려움을 느끼고 떨었
다.

한밤중에 공동묘지에서 귀신을 만났다고 해도 이보다 더 오
금 저리게 두렵지는 않을 것이라는 생각이 든다.

그 두려운 손이 드디어 장팔봉의 목줄기를 움켜쥐었다.

그대로 조금만 힘을 주면 삭정이 부러지듯이 목뼈가 부러지
고 숨통이 끊어져 버릴 것이다.

장팔봉의 귓속으로 공자청의 스산한 음성이 흘러들어 왔다.

"내 심부름 하나 해줄래?"

어디를 어떻게 가는지도 모를 만큼 정신없이 달렸다.

장팔봉은 제 발이 땅에 닿는지 닿지 않는지 그것도 알지 못
했다.

아직도 머릿속에는 '내 심부름 하나 해줄래?' 하던 공자청
의 음성이 웅웅 울렸고, 자신의 목줄기를 죄어오던 그 검은 손
이 가득했다.

공자청의 사악한 절기 중 하나인 공령심어(空靈心語)에 걸린
것이다.

그것을 시전하면 당한 자의 심령 속에 시전자의 명령이 박
히게 된다.

한번 그렇게 걸려들면 죽을 때까지 의지를 지배당하는 사악

하고 무서운 수법이었다.

시전자가 언제나 당하는 자보다 내공 수위가 높아야 한다는 제약이 있기는 하지만 그건 아무것도 아니었다.

공령심어는 세상에서 가장 사악하고 끔찍한 사술로 낙인이 찍혔고, 그것을 펼치는 자는 정과 사마를 가리지 않고 무림의 공적으로 선포한다는 게 강호의 약속이었다.

오십여 년 전 공자청이 그 사술을 가지고 사라졌으나 강호에는 아직까지도 그러한 묵계가 존재하고 있었다.

그만큼 공자청과 공령심어에 대한 두려움이 컸던 것이다.

그와 같은 사술이었지만 공자청은 한껏 공령심어를 전개할 수 없었다.

다른 노괴물들이 장팔봉을 대하면 금방 들통이 날 것이기 때문이다. 그래서 한 식경 정도만 공령심어의 효능이 유지되도록 했다.

장팔봉이 홀린 사람처럼 손에 표주박 한 개를 들고 달려가고 있는 곳은 이 지옥에서 유일하게 먹을 수 있는 물이 나오는 샘이었다.

그러므로 그곳에는 언제나 물을 퍼가기 위해 온 사람들이 있었다.

대부분은 신분이 낮은 자들인데, 높은 자의 심부름을 온 것이다.

지금도 그랬다.

맑은 물이 솟아나는 샘가에는 십여 명의 허름한 군상들이
줄지어 서 있었다.

하나같이 남루한 행색이어서 볼품없어 보이지만 세상에 나
가면 바람과 비를 몰고 다닐 마두 아닌 자가 없고, 존경과 칭송
을 받을 백도의 선배 고인이 아닌 자가 없다.

하지만 장팔봉이 그런 걸 알 리 없었다. 따질 겨를도 없다.

"저리 비켜! 저리 비켜!"

장팔봉이 소리치며 그들 속으로 뛰어들었다.

새치기를 하는 셈인데, 그들 사이의 불문율은 누구든 차례
를 지키지 않는 자가 있으면 모두 달려들어 쳐 죽인다는 것이
었다.

하지만 이곳의 생활에 익숙하지 않았고, 공령심어에 심령마
저 제압당해 있는 상태인 장팔봉은 막무가내였다.

당장 그를 노려보는 눈들에 살기가 실렸다.

"이 애송이 놈이 감히 새치기를 하다니 뒈지고 싶어 환장을
한 모양이구나!"

음성이 걸걸한 자가 주먹을 불끈 쥐고 쳐들었다.

오십 줄에 접어들어 보이는 인상 험악한 텁석부리 거한이
다.

"그만둬!"

그것을 본 한 노인이 화급하게 외치며 텁석부리의 팔을 꽉
붙들었다.

흰 수염이 가슴 앞까지 늘어졌고 상투를 틀었으며, 비록 낡

왔지만 태극이 그려진 도포를 걸치고 있는 육십대의 노인이었다.

"그만두다니? 저놈이 새치기를 하잖아. 이곳의 규칙대로 해야 한다!"

텁석부리 거한이 눈을 부라렸다.

다들 고개를 끄덕여 동조한다.

하지만 도사가 분명한 노인은 머리를 설레설레 저었다.

"너희들은 소문도 듣지 못했느냐?"

"무슨 소문?"

"염라소의 다섯 노선들께서 제자를 거두었다는 것 말이다."

"아!"

비로소 무엇을 생각해 낸 듯 장팔봉을 잡아먹을 듯 노려보던 사람들이 놀람의 외침을 터뜨리고 일제히 물러섰다.

텁석부리 거한도 금방 얼굴색을 바꾸고 비굴한 웃음을 흘린다.

"허허, 소형제가 매우 바쁜 모양이군. 우리 생각은 하지 않아도 되네. 어여 물을 떠가게. 우리는 없는 놈들이라고 생각해도 좋아. 허허허."

다들 그 말에 동의한다는 듯 머리를 끄덕인다.

장팔봉을 바라보는 눈길에 한없는 부러움과 함께 지극한 두려움이 서려 있었다.

'없는 놈들?'

장팔봉은 그 말에 불쑥 곽, 양 두 노인을 만났을 때를 떠올렸다.

'두 사부가 말했던 '없는 놈' 들이 바로 이놈들이었군.'

그런 생각이 든다.

하지만 거기까지였을 뿐, 장팔봉은 그밖의 걸 깊이 생각할 수가 없었다.

머릿속에 웅웅 울리고 있는 공자청의 음성대로 빨리 물을 떠가야 한다는 의식만 다시 가득해졌던 것이다.

텁석부리 거한을 가로막았던 노 도사가 얼른 다가와 장팔봉의 손에서 표주박을 빼앗았다.

"소형제가 이런 수고를 하게 할 수 없지. 여기서 잠깐만 기다리게 내가 물을 떠다 줌세."

쪼르르 달려가더니 샘가에 어정쩡하게 서 있던 자를 와락 밀치고 표주박을 텀벙 담근다.

맑고 시원한 물을 넘치도록 담은 그가 재빨리 다가와 그것을 건네주며 살갑게 웃어 보였다.

"그래, 어떤 노선께서 드실 물인가?"

"공 사숙이오."

"오호, 독안마효 공자청, 공 노신선께서 드실 물이로군."

그 말을 하는 노 도사의 얼굴에 두려움이 가득해졌다.

주위에 둘러섰던 자들도 하나같이 두려워하는 기색으로 벌벌 떨며 눈길을 떨군다.

"자, 그분이 화내시기 전에 얼른 가져가게. 가거든 부디 이 말만 잊지 말고 전해주었으면 좋겠어. 무당의 건녕자가 직접 물을 떠주었다고 말일세. 알겠지?"

"그럽시다."

장팔봉이 시큰둥하게 말했지만 스스로를 무당의 건녕자라고 밝힌 노도사는 감격에 겨운 얼굴로 어쩔 줄 모르고 좋아했다.

장팔봉이 저를 때려죽이려고 했던 텁석부리 거한을 바라보았다.

"당신은 누구요?"

텁석부리 거한이 화들짝 놀라더니 그대로 납작 엎드려 벌벌 떤다.

"소, 소인은 그냥 없는 자올시다. 공자께서는 제발 염두에 두지 마소서. 소인의 이름 따위는 알아 무엇 하겠습니까? 제발 잊어주소서. 그 은혜는 결코 잊지 않겠습니다."

무당의 건녕자가 넌지시 말했다.

"모르고 한 짓일세. 소형제가 다섯 노선님들의 제자라는 걸 알았다면 감히 그런 짓을 했겠는가? 그러니 소형제께서 넓은 도량으로 한 번만 봐주시게. 무량수불—"

장팔봉이 어깨를 으쓱했다.

"까짓, 그럽시다."

"고맙네. 소형제는 큰 공덕을 베풀었으니 좋은 일이 있을 걸세. 아 참, 내 이름을 잊지는 않았겠지? 무당의 건녕자라네."

"알았소."

무당의 건녕자(建寧子).

무당파에서 그 이름을 들었다면 한바탕 난리가 벌어질 것이다. 모두 들고 일어나 당장 패천마련을 들이쳐서 뇌옥을 깨뜨리겠다고 악을 써대고도 남을 일인 것이다.

그가 십여 년 전 패천마련에 의해 살해되었다고 알려진 무당삼자 중 한 명이었기 때문이다.

현 장문 방장인 진각 진인(眞覺眞人)의 사숙뻘이 되는 강호의 명숙이기도 하다.

당시 강호에는 정파를 대표하는 스무 명의 절대고수가 있었는데, 그들을 일컬어 이십지천(二十知天)이라고 했다.

건녕자는 그중의 한 사람으로서 무당을 대표하는 절정고수이기도 했던 것이다.

그런 건녕자가 지금은 초라하기 짝이 없는 모습으로 이처럼 물을 길러 나오는 하급 마졸의 신세로 전락해 있었다.

그렇다면 지금 샘가에 나와 있는 십여 명의 허름한 군상들도 모두 건녕자와 비견될 만한 절정의 고수들이 틀림없을 것이다.

그중에는 마도에 속한 자도 있고 정도에 속한 자도 있을 테지만 지금은 오직 지옥의 마졸에 지나지 않았다.

강호가 이 사실을 안다면 경천동지할 혼란에 빠져 버릴 만한 사건이었다.

건녕자의 간절한 눈길을 받고 머리를 한 번 끄덕인 걸로 답을 대신한 장팔봉이 냉큼 뒤돌아서서 다시 죽어라고 달려갔다.

처음 공자청에게 제압당했던 신지가 점차 정상으로 돌아오고 있었지만 머릿속에는 아직 그의 명령이 남아 있었던 것이다.

*   *   *

"흘흘, 수고했구나. 고맙다."

표주박의 물을 몇 모금 마시는 시늉만 하고 내버린 공자청이 흡족한 미소를 지었다.

"네가 이렇게 내 심부름을 잘해주었으니 상을 주지 않을 수 없지. 그렇지 않으냐?"

"……."

"그래, 어떤 상을 받고 싶으냐? 말만 해."

물어놓고서는 장팔봉이 뭐라고 대꾸하기도 전에 제 스스로 냉큼 대답했다.

"뭐시라? 오호, 그래, 나의 염왕진무를 배우고 싶단 말이지? 이런, 이런, 물 한 바가지 떠다준 것치고는 좀 과한 요구인데, 이를 어쩐다……."

"아니, 저기, 그게 아니고……."

필요없다는 말을 할 틈을 주지 않는다.

"알아, 알아. 어른이 되어가지고 한번 내뱉은 말을 취소할 수는 없지. 에휴! 뭐, 할 수 없구나. 약속을 지킬 수밖에. 커흠."

"아니, 저기, 그건……."

"어허, 글쎄, 안대도 그러는구나. 보채지 마라."

아예 장팔봉의 입을 틀어막는다.

"그럼 우선 일단계의 구결을 가르쳐 줄 테니 잘 들어라. 이건 염왕진무의 기초 심법이니 이걸 완벽하게 깨달은 다음에라야 기본 보법과 신법을 배울 수 있게 되느니라. 커흠."

장팔봉의 입을 틀어막은 채 재빠르게 설명을 마친 공자청이 중얼중얼 구결을 읊기 시작했다.

듣고 싶지 않았지만 그의 중얼거림은 다시 장팔봉의 머릿속에 각인되었다.

공자청이 또 한 차례 공령심어의 사술을 시전한 것이다.

일곱 자로 된 절구가 일곱 귀였으니 칠칠은 사십구, 마흔아홉 자로 된 구결이었다.

그 안에 신묘하고 이해하기 어려운 뜻이 구절마다 서로 조화를 이루며 가득 담겨 있는 터라 그것을 깨우치는 일이 쉽지 않을 것이다.

일자무식인 장팔봉으로서는 들어도 무슨 말인지 알 수 없고, 안다고 해도 무슨 뜻인지 도무지 이해할 수 없는 난해한 구결이었다.

어쨌거나 그것이 통째로 머릿속에 새겨지고 말았다.

"커흠, 약속을 지켰으니 나는 이만 간다. 잘 생각하고 궁리해 보다가 그래도 모르는 게 있으면 물어보렴. 커흠."

그렇게 공자청은 떠나갔다.

나머지 네 노인의 동의 따위는 무시한 채 장팔봉에게 억지로 제 무공 구결을 전해주었지만 떳떳했다. 한 점 부끄러움이 없다.

  심부름을 시키고 그 대가로 준 것이니까.

  "커흠!"

  우렁찬 그의 헛기침 소리가 동혈 안에 쩡쩡 울려 퍼졌다.

  제가 장팔봉에게 가장 먼저 무공을 전해준 사람이라는 데 대한 자부심으로 가슴이 뿌듯하기만 한 공자청이었다.

  무엇이든 첫 번째가 중요하지 않은가.

  장팔봉이 결코 자기의 은혜를 잊지 않을 것이며, 그가 사부를 선택하는 데에도 그게 보이지 않게 작용할 거라는 생각에 키득키득 웃음이 새 나왔다.

  *   *   *

  '이거 점점 재미있게 되어가는군.'

  장팔봉이 히죽히죽 웃었다.

  저쪽에서 곽, 양 두 사부의 코 고는 소리가 우렁차게 들려오고 있었다.

  힐끔 그들을 돌아본 장팔봉이 다시 몸을 뒤척였다.

  잠이 오지 않는 건 낯선 이 환경과 잠자리 때문만은 아니었다.

  '잘하면 봉명삼절도법쯤은 무시해도 될지 모르겠는걸.'

그런 생각이 들었고, 그게 단지 희망 사항이 아니라 실현 가능한 일이라는 데에 더욱 가슴이 뛰었다.

잠이 제대로 올 리가 없다.

'이곳에서 저 다섯 괴물의 무공을 모조리 쪽쪽 빨아들인다면 나는 더 말할 것도 없이 고금제일의 고수가 될 수 있을 것이다. 그러면 무림맹이건 패천마련이건 상관할 것 없지. 내가 바로 무림맹이 되고 패천마련이 될 수 있는 거잖아? 다 내가 마음먹기에 달려 있으니 세상천지에 그것보다 위풍당당하게 사는 일이 또 있겠어? 자존심을 좀 무리하게 세운다고 해도 누가 찍소리 한마디 못할 거다. 으흐흐흐—'

그런 상상을 하기만 해도 가슴이 간질거려서 영 잠을 잘 수가 없었다.

그러나 혼자서 벙긋벙긋하던 장팔봉의 인상이 점점 일그러졌다.

'염병! 말짱 개 헛지랄이지.'

그런 절망감으로 인해 모든 희망과 즐거운 상상의 탑이 한순간에 와르르 무너져 버렸다.

'이 염병할 곳에서 늙어 뒈질 때까지 나갈 수 없다면 천하제일이 아니라 우주제일의 무공을 지닌다고 해도 그게 무슨 소용이냐. 빌어먹을.'

그토록 무공이 높은 다섯 노인이 오십여 년 동안이나 이 끔찍한 곳에 갇혀 있다는 걸 생각하자 아뜩해졌다.

그들도 나갈 길을 찾지 못했는데 나라고 별수 있겠는가 하는 자각이 든 것이다.

이곳에서 아무리 귀여움을 받고 극강한 무공을 익힌다고 해도 우물 안 개구리 꼴을 면할 수 없을 테니 다 소용없다.

'이것저것 필요없어. 그저 나갈 길만 찾는 거다. 그게 최고야.'

참담한 현실로 되돌아왔다.

'하지만 어떻게?'

희망과 부푼 꿈은 천리만리 사라져 버렸다.

젠장, 니미럴, 하는 욕만 나온다.

그렇게 낙심하여 한숨을 푹푹 쉬는 중에도 외눈박이 공 노인이 읊어준 구결만은 여전히 똑똑하고 생생하게 머릿속에 떠올랐다.

제멋대로 활개 치며 온통 모든 생각의 영역을 싸돌아다니고 있다. 지배한다.

장팔봉이 이런저런 생각으로 잠을 설치고 있는데 누군가 동혈 안을 엿보는 듯한 느낌이 들었다.

'어라?'

감히 무영혈마 양괴철과 무정철수 곽대련이 함께 있는 곳에 몰래 찾아와 엿보는 자가 누구인지 궁금해졌다.

가만히 실눈을 뜨고 지켜보는데 동혈 입구에 한 사람이 귀신처럼 나타났다.

치렁한 흑발을 늘어뜨리고 치마저고리를 입은 여인이었다.

어둠 속이라 얼굴을 알아볼 수는 없지만 우아한 자태로 미루어보았을 때 싱싱한 젊은 여인이 분명했다.

'이런 곳에 여자라니?'

호기심이 발동하지 않을 수 없다.

까닥까닥.

그 여인이 손가락질을 했다.

돌아서더니 천천히 멀어진다.

엉덩이를 살랑살랑 흔들며 걷는 것이 완연한 유혹의 모습이었다.

'얼씨구?'

그렇다면 만사 제쳐 놓고 달려가 보지 않을 수 없다. 그게 여인에 대한 예의 아닌가.

장팔봉이 벌떡 일어났다.

곽, 양 두 사부는 세상모르고 골아 떨어져 있었다.

장팔봉이 최대한 기척을 죽이기 위해 애쓰며 슬며시 동혈을 벗어났다. 그러자 코를 골고 있던 두 노인이 눈을 번쩍 뜨고 서로를 바라보았다. 의미심장한 미소를 짓는다.

이제 겁이라고는 없어진 장팔봉이었다.

이 지옥 속에서 다섯 노인의 위치가 어떤지 충분히 파악했고, 그들의 후광을 입고 있는 저의 위치 또한 절대적인 게 되었다는 걸 자각한 것이다.

어디를 가든 거리낄 게 없고 두려울 게 없다.

"커흠! 낭자, 거기 잠깐 서보시오."

어두컴컴한 동굴 안을 얼마나 뒤쫓아 갔을까, 이쯤이면 됐다고 여긴 장팔봉이 헛기침을 했다.

저만큼 앞서서 살랑살랑 걸음을 옮기던 여인이 과연 우뚝 멈추어 선다.

그야말로 완벽하다고 할 수 있는 뒤태였다.

"낭자, 이런 곳에 어찌 낭자 같은 사람이 있단 말이오? 이곳은 낭자 같은 미인이 기거하기에 너무 삭막하고 척박한 곳이구려."

"……."

"길을 잃으셨소? 사는 곳이 어디요? 이곳은 도처에 흉악한 '없는 놈들'이 득시글거리는 곳이라 낭자 혼자서 돌아다니면 위험하기 짝이 없다오."

"……."

"하지만 안심하시오. 내가 낭자를 지켜드리리다. 나와 함께 있으면 어느 놈도 감히 낭자를 괴롭히지 못할 것이오."

낯간지러움을 참아가며 한껏 의젓하고 점잖게 말했지만 여인은 여전히 아무 대꾸도 하지 않았다.

부끄러워서 그런가 보다 하고 생각한 장팔봉이 잰걸음으로 그녀에게 다가갔다.

슬그머니 손을 들어 어깨에 올려놓자 그녀가 천천히 고개를 돌렸다.

샛별처럼 반짝이는 두 개의 맑고 투명한 눈이 장팔봉을 빤히 바라본다.

과연 헛바람을 들이켜야 할 만큼 굉장한 미모였다.

멀리서 보았을 때보다 나이가 좀 더 들어 보인다는 게 흠이었지만 이런 지옥에서 이와 같은 중년의 미부를 만났다는 것만으로도 가슴이 벌렁거리지 않을 수 없다.

정면에서 바라본 그녀의 얼굴은 삼십대 중반쯤으로 보였는데, 눈가에 잔주름이 조금 잡혀 있을 뿐 팽팽한 피부와 눈처럼 흰 살결은 이십대의 처녀 못지않았다.

연륜이 살짝 엿보이는 게 오히려 그녀의 아름답고 우아한 용모를 더욱 빛나게 해준다.

'백 사매?'

장팔봉의 머릿속에 언뜻 그 생각이 스쳐 갔다.

다섯 노괴인들이 하나같이 백 사매를 운운했고, 그럴 때마다 욕망으로 이글거리는 눈길을 하지 않았던가.

'그럴 리가 없지.'

장팔봉은 제 생각에 스스로 어이가 없어졌다.

그들이 말하는 사매라면 적어도 칠십은 넘긴 파파일 것이기 때문이다.

어쩌면 눈앞의 여인이 그 백 사매의 제자쯤 되는 건지도 모른다고 생각했다.

그렇다면 연분을 맺을 수도 있겠다는 희망에 부풀어 혼자서 싱글벙글한다.

'까짓, 나이 차이가 좀 나는 것쯤이야 문제될 게 없지.'

이 염병할 지옥에서 그런 걸 따지고 있다면 그거야말로 염

병하게 빌어먹을 짓이다.

제 생각이 기특하다는 듯 장팔봉이 머리를 끄덕이고 말했다.

"나는 곽, 양 두 노사부님의 제자이니 우리는 사형제지간이었구려."

그러나 미녀는 여전히 말이 없었다.

맑고 투명한 눈으로 장팔봉을 빤히 바라볼 뿐이다.

그 말없는 모습과 눈길이 더욱 요염했다. 머릿속에 마구 야릇한 상상을 심어준다.

그것이 점점 진해지면서 제멋대로 과정과 결과를 이끌어갔다.

'으흐흐흐.'

장팔봉은 제가 만들어낸 상상의 포로가 되었다. 이제는 아무것도 생각할 수 없다.

수치스러운 줄도 모르고 사타구니를 움켜쥔 채 실실 웃음을 흘리며 몸을 배배 꼬았다.

벌거벗은 그녀는 도도했고, 장팔봉은 기꺼이 그녀의 노리개가 되었다. 그러다가 어느 순간 그녀의 주인이 되기도 했고, 다시 노예가 되었다가 당당한 서방님이 되기도 했다.

벌거벗은 그녀의 몸이 눈앞에 있었다. 희고 아름다운 그것이 한껏 교태를 띤 몸짓으로 춤을 춘다. 유혹한다.

장팔봉의 눈은 개개풀렸고, 입가에 침이 줄줄 흘러내렸다. 넋이 나가서 추잡해진 몰골이지만 그런 걸 알지 못한다.

그는 손을 뻗어 그녀의 몸을 어루만지려고만 했다. 제 품 안에 가두고 으스러뜨리고만 싶다.

매끄럽고 서늘하며 탄력있는 그녀의 몸이 기어이 장팔봉의 품 안에 갇혔다. 미칠 것만 같다. 그 지독한 쾌락에 취해 온몸을 부들부들 떨 때였다.

"흥!"

갑자기 천둥소리처럼 귓속에 울리는 냉랭한 코웃음소리.

"헉!"

장팔봉이 비로소 저의 환상에서 깨어났다.

눈앞에 그녀의 싸늘한 얼굴이 다가와 있었다.

얼음장처럼 차갑고 석고상처럼 무감정한 것이다.

불쑥.

그녀가 희디흰 손을 뻗어 장팔봉의 목을 움켜쥐었다.

"끄으으ー"

장팔봉의 눈알이 튀어나올 듯 커졌다. 금방 핏발이 서 붉어진다.

숨을 쉴 수 없는 고통 속에서 그는 차가운 그녀의 기운이 제 몸 안에 흘러드는 걸 느낄 수 있었다.

곽, 양 두 노인이 그랬고 당 노인이 그랬던 것처럼 그녀의 기운이 장팔봉의 몸 안을 제멋대로 헤집고 다녔다.

그렇게 한 바퀴 휘돌고 나서야 비로소 잠잠해진다.

"흥, 죽을지 살지도 모르는 천둥벌거숭이였군. 하지만 대단하기는 해. 과연 늙은 괴물들이 탐내는 이유가 있었어."

혼자서 중얼거리는 음성이 이른 봄날 얼음장 밑을 졸졸 흐르는 개울물 소리 같았다.

맑고 청아하기 짝이 없으면서 듣는 것만으로도 이가 시릴 만큼 차가웠던 것이다.

"잘 들어라. 이곳에서는 죽고 사는 게 너 하기 나름이지만, 나가고 들어오는 건 네 마음대로 할 수 있는 게 아니다. 때가 있고 인연이 있으며 운이라는 게 있는 것이다. 그걸 알지 못하고 까불면 네가 아무리 잘났어도 결국 그들 다섯 늙은 괴물처럼 될 수밖에 없어. 홍!"

그녀가 코웃음을 치고 몸을 돌렸다.

은은한 박하 향이 코끝에 스친다.

이게 무슨 일인가 싶어서 장팔봉이 어리둥절해하는데, 그녀의 몸이 스르르 녹아버리듯 어둠 속에 섞여들었다.

눈을 뻔히 뜨고 있는 앞에서 그렇게 사라져 버린다.

"아!"

장팔봉은 제가 한바탕 분홍빛 야릇한 꿈을 꾸고 난 것 같았다.

정신이 얼떨떨해서 뭐가 어떻게 된 건지 제대로 파악할 수가 없다.

"흐흐흐! 어떠냐, 그녀의 환희마령(歡喜魔靈)을 경험한 느낌이?"

"죽여주지?"

"히히, 저놈 저 개개풀린 눈 좀 보라고. 아주 넋이 나갔구먼."

"쩝— 부러운 녀석 같으니……."

"하필 저 녀석에게 그 요상 야릇한 공부를 펼쳐 보일 게 뭐람."

다섯 사람의 다섯 음성이 한꺼번에 들려왔다.

깜짝 놀란 장팔봉이 돌아본 곳에 다섯 노괴인이 나란히 서 있었다.

다 안다는 듯 묘한 눈길을 보내며 낄낄거리고 있다.

第十二章

염라화(閻羅花) 백무향(白無香)

염라화(閻羅花) 백무향(白無香)

"예? 그녀가 바로 백 사매라고요?"

"이 녀석아, 너는 사고라고 불러야지."

"에이, 그렇게 젊은 아가씨가 어떻게⋯⋯. 많아야 서른대여섯밖에는 안 되어 보이던데요? 절 놀리는 거죠?"

"히히, 너는 주안술이라는 말도 못 들어보았느냐?"

"백 사매의 주안술은 이미 신통한 경지에 들었지. 누가 그녀를 보고 칠십 먹은 노파라고 할 것이냐? 네 말처럼 겨우 서른 중반의 미부로 보일 뿐인데 말이다."

"예? 칠십 살이라고요?"

"이 넋 나간 녀석아, 정신 차려. 너는 조금 전에 정말 지옥의 문턱까지 끌려갔다가 겨우 살아난 거란 말이다."

"그게 다 우리 다섯 늙은이 덕분이라는 걸 알아야 한다."

"암, 그렇고말고. 우리가 제때에 오지 않았다면 너는 백 사매에게 양기를 모조리 빨려서 뒈져 버렸을 거다."

"그러면 마른 북어처럼 보기 흉한 꼴이 되지."

"그녀가 결정적인 순간에 포기한 걸 보면 그녀 또한 이 녀석을 탐내는 게 아닐까?"

"에이, 설마. 백 사매는 남자라면 이를 가는데 이까짓 녀석을 탐내겠어?"

"하긴, 그녀는 나 이외의 남자는 거들떠보지도 않지."

마지막 그 말은 곽 노인의 것이었다.

그러자 나머지 네 노인이 일제히 악을 쓰며 잡아먹을 듯 대들었다.

장팔봉은 다섯 노인이 서로 다투듯이 떠들어대는 말에 더욱 정신이 없어졌다.

멍하니 그들의 입을 바라보기만 한다.

하지만 머릿속에는 아직도 야릇한 그 상상의 그림들이 좌악 펼쳐져 있었다.

좀체 지울 수가 없다.

'그게… 그러니까, 그 백… 할망구의 환희마령에 의한 환상이었단 말이지? 제기랄, 요망한 할망구 같으니.'

하지만 그런 생각 끝에는,

'그래도 꽤 괜찮았어. 다시 한 번 맛보았으면 원이 없겠다. 쩝―'

그런 엉뚱한 생각이 들었다.

다음날, 그 요망한 할망구 백 사고로부터 전갈이 왔다.

그것을 가져온 자는 비교적 깨끗한 흑의를 입고 있는 호리호리한 장한이었다.

눈빛이 독 오른 살쾡이의 그것처럼 굉장한 자인데, 어깨가 딱 벌어지고 허리가 잘록했으며 두 팔이 다른 사람보다 길었다.

마른 몸이 철골처럼 단단해 보이는 자다.

거무튀튀한 피부가 그를 더욱 강인해 보이도록 했다.

차갑고 무심한 얼굴은 냉혹한 인상이 어떤 건지 만천하에 알려주는 표본 같기도 하다.

하지만 그런 꼴에 어울리지 않게도 품 안에 시커먼 동굴 쥐 한 마리를 소중히 안고 있었다.

살이 통통 오른 놈을 사랑스럽다는 듯 쓰다듬으며 천천히, 거만하게 다가온다.

그렇게 다섯 노괴물이 기거하는 공간인 염라소에 들어오자 그런 기세가 돌변했다. 고개를 푹 숙이고 최대한 공손하고 공경하는 모습을 보이기 위해 애썼던 것이다.

염라소의 이곳저곳에 뚫려 있는 수많은 동혈 어느 곳에 다섯 노괴인이 기거하는지 잘 아는 듯 그 앞을 지날 때마다 매번 지극히 공경하는 태도로 허리를 숙여 인사한다.

그가 여전히 동굴 쥐를 쓰다듬으면서도 여전히 극도의 공경하는 예를 갖추며 천천히 곽, 양 두 노 괴물이 기거하는 동혈까지 왔다.

"소생, 우문한이 두 노 신선을 뵙습니다."

깊숙이 허리를 숙인 뒤 일어나 침착하게 아뢴다.

그때 곽, 양 두 노인은 장팔봉과 함께 아침 식사를 하고 있는 중이었다.

'없는 놈'들이 잡아다 바친 동굴 쥐를 통째로 구워서 뜯어 먹고 있었던 것이다.

한 바가지의 물은 장팔봉이 떠온 것이었다. 아니, 무당의 건녕자가 떠다 바친 것이다. 장팔봉은 그저 들고 온 것에 지나지 않는다.

아드득—

무영혈마 양괴철이 바삭바삭하게 구워진 동굴 쥐의 뒷다리를 뼈째 씹어대는 걸 힐끔 훔쳐본 사내가 살짝 눈살을 찌푸렸다. 쓰다듬고 있던 쥐를 얼른 품속에 감춘다.

우문한이 인사한 지 한참이 지났지만 두 노인은 대꾸도 하지 않았다. 쳐다보지도 않는다.

느긋하게 식사를 마치고 나서야 곽 노인이 이를 쑤시며 힐끔 바라보았을 뿐이다.

"무슨 일인고?"

"소생의 주인께서 장 공자를 보고자 하십니다. 모셔오라는 분부가 계셨습니다."

"그래?"

곽 노인이 심드렁한 얼굴을 했고, 장팔봉은 귀가 솔깃해져
서 바라보았다.

양 노인이 히히 웃는다.

"백 사매가 심심한 모양이다."

곽 노인이 장팔봉의 등을 떠밀었다.

"그만 처먹고 얼른 가봐라. 백 사매를 기다리게 했다가는 좋
지 않은 일을 당하고 말걸? 그녀가 화를 내면 누구도 말려줄
수 없으니 알아서 잘해."

기다리고 있던 일이라는 듯 장팔봉이 얼른 일어났다. 곽 노
인의 말이 채 끝나지도 않아서였다.

"갑시다."

두 사부에게 인사도 생략한 채 휘적휘적 앞서서 동혈을 나
간다.

"공자."

흑의장한 우문한이 불러 세웠다.

빠른 걸음으로 장팔봉 곁으로 다가오더니 서늘한 눈으로 아
래위를 훑어본다.

기분 나쁜 눈길이었다.

마치 잘 드는 칼로 살을 발라내는 것 같은 섬뜩한 느낌에 장
팔봉은 절로 긴장할 수밖에 없었다.

'이건 무시무시한 놈인걸?'

느낌이었다.

한 번도 빗나간 적이 없는 장팔봉만의 예리한 느낌이 흑의장한 우문한에 대해서 높은 수준의 경고를 발하고 있었던 것이다.

이자가 검을 쥔다면 천하에 당할 놈이 없을 거라는 느낌.

그런 두려움과 함께 호승심이 슬그머니 고개를 쳐들었다.

기분이 나쁘기도 하다.

그자가 쓰다듬고 있는 동굴 쥐 때문이었다.

새까만 눈을 깜빡이지도 않으며 빤히 바라보고 있지 않은가.

"한 가지 경고를 해주겠소."

"경고? 나에게 말이냐?"

장팔봉이 눈살을 찌푸렸다. 자연스럽게 반말을 내뱉는다.

우문한이 번쩍이는 눈으로 쏘아보았다.

'대단하군, 대단해.'

장팔봉은 내심 켕기는 바가 컸지만 내색하지 않았다.

해볼 테면 해보라는 듯 떡 버티고 서서 마주 바라본다.

온몸으로 우문한의 예리한 기운이 아프게 파고들었다.

'이놈의 기운이 다섯 노괴물에게 뒤지지 않는걸?'

그런 생각이 들지만 그건 장팔봉이 고수를 만나본 경험이 적기 때문이었다.

제 기운을 드러내는 자보다 감추는 자가 더 무섭고, 날카로운 기운보다 유들유들하고 만만해 보이는 기운이 더 지독하다는 걸 아직 체득하지 못한 탓이다.

어쨌거나 우문한의 기운은 장팔봉이 여태까지 겪어본 그 어떤 것보다 날카롭고 예리했다.

뼛골이 시릴 정도로 파고든다.

장팔봉은 우문한이 이 지옥 속에 있는 많은 고수들 속에서도 단연 뛰어난 자라는 걸 느꼈다.

그런 자가 스스로를 종이라고 칭하니 그렇다면 제가 보았던 그 여인, 백 사고의 무서움이 어떨지 짐작이 간다.

장팔봉의 하대에 기분이 상한 듯 한동안 말없이 노려보던 우문한이 차갑게 말했다.

"주인을 만나거든 절대로 그분과 눈을 마주치지 마시오."

"어째서?"

"그분이 공자를 죽이기라도 하면 염라소의 다섯 신선이 크게 노하실 테고, 그러면 주인께서 화를 면치 못하실 것이니 그렇소이다."

"그래? 그건 좀 의외의 말이군."

장팔봉이 머리를 갸웃거렸다.

지난밤에 백 사고를 만났고, 그녀를 똑바로 바라보았으며, 치근거리기까지 했는데도 이렇게 팔팔하게 살아 있지 않은가 하는 생각 때문이다.

"좋아, 주의하지. 그런데 나는 아직 그 백 사고의 이름도 몰라."

여전한 반말에 기분이 나쁜 듯 잔뜩 낯을 찌푸린 채 동굴 쥐만 쓰다듬던 우문한이 던지듯 말했다.

"주인님의 성함은 무(無) 자, 향(香) 자요. 강호에서는 주인
님을 염라화(閻羅花)라고 불렀지요."

"염라화 백무향이라……."

몇 번 중얼거린 장팔봉이 빙긋 웃었다.

그녀에게 그보다 어울리는 외호와 이름이 또 없을 것이라는
생각이 들었던 것이다.

                    *   *   *

염라화 백무향.

그녀의 동혈 안에는 은은한 박하 향이 감돌고 있었다.

장팔봉이 쭈뼛거리며 염화동천(閻花洞天)이라고 불리는 그
곳으로 들어갔다.

지난밤의 일도 있고 한지라 멋쩍은데다가 은근히 켕기는 구
석도 있었던 것이다.

'어라?'

눈이 휘둥그레진다.

뜻밖의 낯 뜨거운 광경을 보게 되어서였다.

그녀, 염라화 백무향은 비스듬히 누워 있었는데 반라나 다
름없었다. 얇은 잠옷만 걸치고 있었던 것이다.

희고 풍만하며 탄력있는 몸이 아슬아슬하게 드러났고, 잠옷
에 가려진 요염한 굴곡이 더욱 선정적으로 보였다.

그런 그녀의 흰 몸을 세 명의 건장한 장한이 떡 주무르듯 하

고 있었다.

두 명은 그녀의 뽀얀 다리를 하나씩 맡아 허벅지 깊숙한 곳까지 주물러대고 있었으며, 한 명은 탱탱한 젖가슴이 훤히 드러난 한쪽 어깨와 팔을 두드리고 있었다.

웃통을 벗어젖힌 그들의 울퉁불퉁한 몸이 땀에 젖어 번들거렸다.

그 모습이 더욱 기묘한 상상을 하게 해주는지라 장팔봉은 얼굴이 화끈거리고 가슴이 뛰어서 더 이상 똑바로 바라볼 수 없었다.

나른한 모습으로 안마를 즐기고 있던 염라화가 손을 내저었다. 그러자 세 명의 장한이 즉시 머리를 숙이고 물러선다.

몸을 일으켜 앉은 그녀가 치렁하게 늘어진 검은 머리카락을 천천히 쓸어 넘겼다.

두 볼에 불그레한 홍조가 감돌고 있어서 붉고 촉촉하게 젖어 있는 입술과 어울려 더욱 고혹적인 매력을 발산한다.

아무리 보아도 서른 중반의 요염하고 농익은 여인일 뿐, 칠십 살의 노파라고는 상상할 수조차 없었다.

넋을 잃은 채 그런 염라화 백무향을 바라보던 장팔봉이 그녀의 서늘한 눈길을 받고 즉시 머리를 숙였다.

"소질 장팔봉이 사고의 부르심을 받고 왔습니다."

"사고? 누가 그렇게 부르라더냐?"

"예?"

"내가 어째서 너의 사고야?"

"저기… 그러니까… 사부님의 사매이시니 저에게는 당연히 사고님이 되시는 게…….'

"흥! 네 사부가 누군데?"

"그거야 무영혈마 양괴철과 무정철수 곽대련 두 어르신이지요."

"그들이 정말 너의 사부냐?"

"사제지간의 연을 맺는 예를 올렸으니 그렇지 않을까요?"

"절세신마 당백련과 독안마효 공자청, 왜마왕 염철석은 어쩌고?"

"그분들과는 아직 정식으로 예를 올리지 않았습니다."

"그래? 그렇다면 너는 곽, 양 두 오라버니의 제자가 된 걸로 만족할 생각이냐?"

"그것까지는 아직 생각하지 않았습니다."

"흐흥, 절대로 그럴 리가 없지. 그들이 너를 가만두지 않을 테니까 말이다."

"뭐, 그렇다면 어쩔 수 없이 다섯 분을 모두 사부님으로 모실 수밖에 없겠지요. 어쨌든 그러니까 노선배님을 제가 사고라고 부르는 게 당연하지 않겠습니까?"

요염하기 짝이 없는 백무향을 앞에 두고 그녀를 노선배라고 부르자니 왠지 닭살이 돋는 것 같았다.

"시끄럽다! 나는 그들 다섯 늙은 귀신의 사매가 아닌데 무슨 놈의 사고란 말이냐?"

"예? 그건 이상하군요. 다섯 분은 입만 열었다 하면 백 사매,

백 사매라고 하던대요?"

"그거야 그들 마음이지. 내가 그들을 인정하든 말든 내 마음 대로인 것처럼 말이다."

"……"

"내가 사람도 아니고 귀신도 아닌 그들 다섯 늙은 괴물의 사매 노릇을 할 사람으로 보여? 흥, 어림없지."

"……"

"네 눈에는 내가 그들처럼 쭈글쭈글한 늙은 노파로 보이느냐?"

"아닙지요."

"그런데 사매라니? 너는 나를 그 늙은 주책바가지들과 비교해서는 안 돼."

그녀의 냉랭한 말에 장팔봉은 슬금슬금 기분이 나빠졌다.

저도 모르게 다섯 노인을 두둔하는 마음이 생겼으니 그동안 정이 든 것인지도 모른다.

장팔봉이 그녀를 힐끔거리며 퉁명스럽게 말했다.

"저는 이미 두 분을 사부로 모셨고, 나머지 세 분도 조만간 그렇게 될 것 같습니다. 그러니 그분들을 멸시하는 말씀은 듣고 있기가 조금 거시기하군요."

"그래? 너는 벌써 그들과 의기투합한 것 같구나. 그렇다면 다섯 늙은 괴물들을 사부로 모시고 평생 이 지옥 속에서 지내라. 즐겁고 유쾌하게 말이다."

"아—"

그녀의 비웃는 말에 장팔봉이 깜짝 놀라 얼굴색마저 변했다.

생각만 해도 그건 끔찍한 일이 아닌가.

장팔봉의 표정이 수시로 변하는 걸 지그시 노려보던 백무향이 다시 말했다.

"내가 네 속을 한번 알아맞혀 볼까?"

"……."

"너는 지금 당장이라도 이 지긋지긋한 곳을 벗어나고 싶을걸? 누가 너를 꺼내준다고 하면 사부고 뭐고 다 내팽개치고 그를 따라갈걸?"

"……."

장팔봉은 대답하지 못했다. 그의 심정이 딱 그랬기 때문이다.

염라화 백무향이 신비한 미소를 띤 채 머뭇거리는 장팔봉을 빤히 바라보았다.

"흐흥, 역시 내 짐작이 맞았군. 너는 괜히 이곳에 들어온 게 아니야."

"예?"

"여기는 너 같은 풋내기가 떨어질 곳이 아니거든. 저 위의 인간들이 미치지 않은 다음에야 너 같은 놈을 굳이 이곳에 떨어뜨릴 리가 있겠어?"

"……."

"그건 곧 네가 무슨 수단을 부렸는지는 모르지만 저 위에 있는 놈들을 속였다는 게 되겠지."

장팔봉을 지그시 바라보는 그녀의 눈이 점점 날카로워졌다.

불쑥 묻는다.

"목적이 있어서 일부러 찾아온 거지?"

"아니, 그건 저기……."

장팔봉은 내심 크게 놀랐다.

이 요악한 미녀 할망구의 눈치가 이토록 예리하니 신경 곤두세우고 조심해야겠다는 생각이 든다.

그녀가 머리를 갸웃거리더니 혼잣말처럼 중얼거렸다.

"그놈들도 그래. 너 같은 멍청이한테 속아 넘어갈 정도로 바보들일 리가 없거든. 그렇다면 알면서도 모르는 척 속아주었다는 건데… 홍, 그 음흉한 놈들에게도 무언가 꿍꿍이가 있는 모양이로군. 호호, 재미있는 일이 생기는 건가?"

눈웃음을 치며 방긋 웃는다. 장팔봉의 눈이 즉시 몽롱해졌다.

"어디, 내가 한번 알아맞혀 볼까?"

"……"

"내 짐작이 맞는다면 너는 무림맹주인 절대무제 적무광을 찾아왔을 것이다. 그렇지?"

"아!"

장팔봉의 안색이 창백해졌다. 지나친 놀람과 당황으로 어쩔 줄을 모른다.

"흐흥, 맞는 모양이군."

"어, 어떻게 아셨죠?"

"그자가 들어온 지 얼마 지나지 않아서 네가 왔잖아. 무림맹의 졸개였다면서?"

"졸개는 아닌데……."

"아니든 말든 상관없어."

야릇한 미소를 지은 백무향이 다시 말했다.

"이곳에서 그를 데리고 나가겠다는 건 불가능한 일일뿐더러 너의 능력으로는 말도 안 되는 일이지. 그런데도 그를 찾아왔다면 그에게서 얻어야 할 무언가가 있기 때문이겠지?"

"어떻게 그걸……?"

"홍, 이 세상에서 내 눈을 가리고 내 마음을 속일 수 있는 건 아무것도 없어."

"그분이 어디 있는지 알고 계십니까?"

"알지."

그녀의 망설임 없는 대답에 장팔봉은 기뻐하기는커녕 오히려 당황했다.

"아!"

"하지만 그건 너의 일이지 내 일이 아니다. 내가 상관할 필요 없어."

"그 말씀은 가르쳐 주지 않겠다는 겁니까?"

"내가 왜 그래야 해?"

"……."

"가르쳐 주든 말든 마찬가지다. 이곳에 들어온 이상 네가 적무광을 찾는다고 해도 달라질 건 없으니까. 그에게서 뭘 얻든 아무 소용도 없어. 보면 몰라?"

장팔봉은 대꾸할 수 없었다.

막상 이 지옥의 뇌옥 속에 들어와 보니 나갈 길이라고는 없다는 걸 절실히 느꼈기 때문이다.

그렇다면 무림맹주를 찾는 일도, 그에게서 봉명도의 소재를 알아내는 일도 다 소용없지 않은가.

그런 생각 때문에 머릿속이 윙 울리고 정신이 아뜩해졌다.

장팔봉을 노려보던 백무향의 입가에 알 수 없는 미소가 슬며시 떠올랐다. 그러더니 속삭이듯 나긋나긋하게 말했다.

"명심해. 모든 건 너의 마음먹기에 달려 있다는 걸 말이다. 마음먹기에 따라서 이 지옥도 낙원이 될 수 있는 거야. 그걸 네가 원하기만 하면 된다."

그러면서 슬며시 자세를 바꾸었는데, 보라는 듯이 날씬하게 뻗은 두 다리를 드러냈다.

얇은 잠옷이 말려 올라가 탄력있고 미끈한 허벅지가 깊숙한 곳까지 드러나 보였다.

그 사이에 숨겨져 있는 은밀한 곳이 보일 듯 말 듯하다.

장팔봉이 눈을 부릅뜨고 마른침을 꿀꺽 삼켰다.

백무향이 장팔봉의 그런 표정을 살피면서 콧소리가 섞인 달콤한 음성으로 말했다.

"네가 마음먹기에 따라서 이 호리병 속에도 너만의 입구가 생길 수 있지. 언제든지 들어와 지극한 기쁨을 누릴 수 있다."

"……"

묘한 상상을 자극하는 말에 장팔봉은 헉, 하고 숨을 멈추었다.

배시시 웃은 그녀가 또 말했다.

"하지만 호리병 밖과 호리병 속 중 어떤 걸 택하느냐, 과연
이 안이 바깥보다 즐거울 것이냐 하는 건 누구도 가르쳐 줄 수
없어. 네 스스로 알아내야 하는 것이야."

'이 요녀는 무언가 알고 있군.'

그런 직감이 든다. 그래서 장팔봉은 백무향의 쭉 뻗은 다리
와 허벅지, 그 안쪽 깊은 곳에 팔렸던 정신을 되찾을 수 있었
다.

그녀를 바라보는 눈길에 또 다른 의미의 불길이 이글거린다.

"만약 내가 너를 도와 원하는 걸 얻게 해준다면 너는 나에게
어떤 대가를 치르겠느냐?"

"저에게는 드릴 만한 게 아무것도 없습니다만?"

"왜 없어? 너는 이 세상에서 가장 귀중한 걸 가지고 있는
데?"

"예?"

그녀의 말에 장팔봉은 어리둥절해질 수밖에 없었다.

"저는 개털 중에서도 개털이나 마찬가지인데 가장 귀중한
거라니요? 그게 대체 뭐란 말입니까?"

"네 몸."

"예?"

"호호호호—"

장팔봉이 놀란 얼굴을 하자 그녀가 온몸을 흔들며 까르르 웃었다. 그 통에 물결치듯이 가슴이 출렁거리고 다리가 살짝 벌어져 기어이 깊은 곳이 아주 잠깐 보였다가 사라졌다.

아쉬운 입맛을 다시는 장팔봉의 귀에 다시 그녀의 말이 들려왔다.

"또 엉뚱한 상상을 했지?"

"서, 설마 제가 사고님을 보면서 그러겠습니까?"

"호호, 귀신은 속여도 나는 속일 수 없다니까 그러는구나."

"……."

"뭐, 좋다. 사내들의 그런 음흉한 시선과 마음을 내가 한두 번 겪어보는 게 아니니까."

'제기랄, 당신도 그런 걸 즐기고 있었군? 음탕한 요녀 같으니.'

난봉꾼은 아니지만 여자의 깊은 맛을 알 만큼 안다고 자부하는 장팔봉이었다.

하지만 염라화 백무향 앞에서는 천진한 어린아이 같기만 했다.

도저히 그녀의 상대가 될 수 없었던 것이다.

관록에서 벌써 하늘과 땅만큼이나 차이가 나니 그저 바라보기만 해도 주눅이 든다.

여자를 꼼짝하지 못하게 하는 남자의 덕목이 기세와 여유라는 것인데, 그 덕목에 있어서 장팔봉은 반대로 백무향에게 완전히 굴복할 수밖에 없었다.

"너는 지옥마전이 생긴 이래 처음으로 초열지옥문으로 떨어지는 행운을 얻었고, 그 덕분에 귀양태원지령과 극음복령지수를 배 터지게 뜯어 먹고 마셨다지?"

"……."

"다섯 늙은 괴물이 너를 탐내는 것도 그런 이유 때문이라는 걸 잘 알고 있겠지?"

부정할 수 없는 사실이다.

장팔봉이 머리를 끄덕였다.

"그런데도 네 몸뚱이가 천하에 둘도 없는 보물이 아니란 말이냐?"

"하오면 사고님은 저를 뜯어 먹고 제 피를 홀짝홀짝 마셔대겠다는 겁니까?"

"오호호호—"

그녀가 다시 간드러지게 웃었다.

출렁거리는 가슴과 그 아래의 미끈한 두 다리가…….

장팔봉은 질끈 눈을 감아버리고 말았다. 저게 다 자기를 홀리려는 요녀의 의도된 수작이라고 생각하자 호기심 대신 두려움이 왈칵 밀려들었던 것이다.

"언제든 내 조건을 받아들일 준비가 되면 말해라. 그러면 네가 원하는 걸 주지."

'뭘? 뭘 주겠단 말이오?'

본능적으로 눈이 그녀의 허벅지 깊은 곳을 재빨리 훔쳐본다.

배시시 웃은 백무향이 더 볼 일이 없다는 듯 쌀쌀맞게 돌아앉았다.

*　　　*　　　*

"착한 아이야, 내 심부름 하나 해주련?"

"그러지요, 뭐."

장팔봉은 느긋하게 걸었고, 식수가 있는 동굴의 입구에서 기다리고 있던 무당파의 건녕자를 만났다.

"하하, 장 공자, 이럴 줄 알고 미리 준비해 놓고 있었지요."

건녕자가 건네주는 표주박을 받아 들고 휘파람을 불며 느릿느릿 돌아온다.

"흘흘, 너는 정말 착한 녀석이야. 그럼 또 대가를 주지 않을 수 없지. 커흠, 잘 들어라. 이번에는 신법 구결이니라. 중얼중얼……"

잘 듣고 말고 할 것도 없이 저절로 머릿속에 새겨진다.

장팔봉은 벌렁 드러누워 포갠 다리를 건들거리며 그저 독안마효 공자청의 중얼거림이 멈출 때까지 콧노래를 흥얼거리고 있으면 되었다.

"참, 창의성이라고는 쥐뿔도 없는 노인네들이라니까."

투덜거리며 다시 걷는다.

이번에는 절세신마 당백련이었다.

"내 심부름 하나 해주련?"

그리고는 시킨 일이 샘에 가서 물 한 바가지를 떠오라는 것이었다.

처음 독안마효 공자청이 생각해 낸 걸 그대로 써먹는 것이다. 그게 가장 효과적이면서 합리적인 방법이라는 걸 깨달았기 때문이다.

여전히 샘으로 가는 동굴 앞에는 무당의 건녕자가 표주박을 들고 웃으며 서 있었고, 장팔봉은 그걸 받아서 느긋하게 돌아오면 되었다.

당백련에 이어서 왜마왕 염철석이 그랬고, 다시 독안마효 공자청이 되풀이했다.

그들 세 노인은 서로 약속이라도 한 듯했다. 순서를 절대로 어기지 않는다.

하지만 문제는 다른 곳에서 불거졌다.

아무리 친절하고 세세하게 설명해 주어도 장팔봉이 구결의 의미를 쉽게 이해하지 못한다는 것이었다.

"무화진청(武和進淸)인즉 공수여운(攻守如雲)하고, 각여풍세(脚如風勢)하니 수견자수(手肩自隨)니라."

구결을 읊어주고 상세한 뜻을 설명해 주어도 장팔봉이 무화(武和)의 의미를 모르고 수(隨)라는 글자를 모르니 갑갑한 것이다.

어느 세월에 천자문부터 가르칠 것이냐 하는 절망감에 당백련과 염철석은 허탈해졌다.

그건 이미 사부의 연을 맺은 무영혈마 양괴철과 무정철수 곽대련도 마찬가지였다.

자신들의 절기를 전해주고자 하지만 받아들여야 할 놈의 지식이 따라주지 못하니 답답해서 미칠 지경이었다.

독안마효 공자청의 공령심어가 유일한 대안으로 떠오르지 않을 수 없다.

사악한 사술이 이런 때에 꼭 필요한 구원의 외길이 된 것이다.

무지막지하게 장팔봉의 머릿속에 그냥 심어버리자는 건데, 그러나 문제는 또 있었다.

우선 공자청이 자신들을 위해서 제 사악한 심령술을 빌려줄 것인가 하는 게 첫 번째 의문이자 난관이었다.

다음에는 그가 허락한다고 해도 그에게 우선 자신들의 비전 절기의 구결을 죄다 읊어주고 설명해 주어야 하니 난감한 일이었던 것이다.

공자청의 한 몸에 다른 네 사람의 신공절학이 고스란히 들어가야 비로소 장팔봉에게로 옮겨질 수 있다는 건데, 누구도 그것을 달가워할 리 없었다.

'포기하고 말까?'

그래서 그런 생각이 드는 것도 당연했다.

하지만 그렇게 되면 장팔봉은 공자청의 독차지가 될 것이고, 결국 그의 전인이 될 것이다.

공자청이 장팔봉을 끼고 돌면서 드디어 나에게도 제자가 생겼다고 좋아할 걸 생각하면 이가 갈린다.

장팔봉의 몸 안에 깃들어 있는 영초와 영수의 효능을 생각하면 두렵기도 했다.

독안마효 공자청이라면 능히 장팔봉이 임독양맥을 뚫고 생사현관마저 뚫을 수 있도록 도와줄 수 있을 것이다.

그러면 장팔봉은 머지않아 제 스스로 영물의 기운을 흡수하게 될 것이니 내공이 자신들을 뛰어넘을 만큼 커질 것도 뻔했다.

거기에 더해서 그놈이 공자청의 마공절학을 모조리 전해 받는다면 염라소의 누구도 장팔봉의 상대가 될 수 없을 것이다.

그때는 다들 공자청과 장팔봉의 눈치만 보며 죽어지낼 수밖에 없는데, 그건 죽으면 죽었지 도저히 받아들일 수 없었다.

공자청이 장팔봉을 앞세우고 으스대며 외눈을 부릅떠 거만하게 자신들을 흘겨보는 걸 상상만 해도 소름이 돋는다.

무엇보다도 그렇게 되면 공자청은 당연히 자신들을 따돌리고 미칠 정도로 사랑스러운 백 사매를 독차지하려 들 것 아닌가.

"에휴—"

"어이구—"

"허어—"

"끄응—"

네 노인의 뜨거운 탄식성이 염라소를 뒤흔들었다.

이제 그들 네 노인은 동병상련의 처지가 되어 똘똘 뭉쳤고, 독안마효 공자청은 따돌림을 받는 처량한 신세가 되었다.

하지만 그는 조금도 불안해하거나 신경질을 부리지 않았다. 늘 실실 웃으며 보라는 듯이 장팔봉을 데리고 왔다 갔다 한다.

장팔봉도 그때쯤은 공자청으로부터 무공을 배우는 일에 재미를 단단히 붙여서 찰싹 그의 곁에 달라붙어 있었다.

여전히 '공 사숙, 공 사숙' 하고 부르지만 이제는 놀리는 게 아니라 애정이 담뿍 담겨 있는 애칭 같은 것으로 변해 있었다.

그들이 시시덕거리며 붙어 다니는 걸 볼 때마다 나머지 네 노인의 속은 더욱 상했다.

질투심으로 미칠 것 같다.

내가 갖지 못하는 것은 너도 가질 수 없다.

그런 생각으로 작당을 해서 장팔봉을 패 죽여 버리자는 의논을 한 것도 한두 번이 아니었다.

하지만 결정해야 할 때가 오면 매번 곽, 양 두 사람이 머리를 설레설레 흔들었다.

장팔봉은 이래저래 그들에게 뜨거운 감자이면서 계륵이 된 것이다.

그걸 타개할 수 있는 방법은 딱 한 가지밖에 없었다.

공자청에게 자신들의 마공절학에 대한 구결을 몰아주는 것이다.

"할 수 없지."

절세신마 당백련이 소태 씹은 얼굴을 한 채 그렇게 중얼거렸다.

"에휴, 늘그막에 제자 하나 두기가 어째 이렇게 어렵냐."

왜마왕 염철석도 포기의 한숨을 내쉰다.

"그럴 게 아니라 차라리 그놈을 우리 모두의 공동 전인으로

염라화(閻羅花) 백무향(白無香) 311

삼자."

무정철수 곽대련의 제안에 그 말이 나오기를 기다렸다는 듯 무영혈마 양괴철이 크게 머리를 끄덕였다.

"역시 그러는 수밖에 없겠지?"

당백련과 염철석도 덩달아 머리를 끄덕이며 말했다.

"하긴, 꼴도 보기 싫은 그 공가 놈에게 우리 절기를 모두 가르쳐 준들 무슨 차이가 있겠어? 어차피 이곳에서 평생 갇혀 지낼 수밖에 없는 처지인데 말이야. 그리고 더 오래 살 것도 아니잖아?"

"그렇지. 팔봉이가 우리 모두를 사부로 모시고 공경한다면, 공자청 그놈이 우리 절기를 몽땅 가졌다고 해도 감히 우리를 무시하지 못할 거야."

공자청은 그들의 그런 결정이 못마땅했다.

하지만 거절한다면 그들 네 괴물이 똘똘 뭉쳐서 자신을 죽이려 들지도 모르니 받아들이지 않을 수도 없었다.

그렇게 해서 장팔봉은 눈만 끔벅거리고 있었을 뿐인데도 불구하고 염라소 다섯 괴인의 제자가 되었다.

『봉명도』 제1권 끝

이경영 소설

새델 크로이츠

SCHADEL KREUZ

[2부] *Philosopher*
필라소퍼

정도를 추구하고 세상을 바로잡는
하얀 왕의 힘이 필요한 역전체 군단.
신의 존재에 가까운 '절대자'와
또 다른 천요의 등장.
그들의 목적은 헨지를 통한
공간왜곡의 문!

주어진 운명에 대항하는 자들과 이를 막으려는 자들.
그리고 밝혀지는 전설의 진실 앞에 또 다른
전설의 존재가 탄생하는데……

새델 크로이츠, 그들의 임무가 시작되었다.

- 유통이 아닌 자유추구 -
WWW.chungeoram.com
Book Publishing CHUNGEORAM

CHARM MASTER
참마스터

눈매 퓨전 판타지 소설

부적(Charm)이란

**만드는 자의 정성, 만드는 자의 능력, 받는 자의 믿음,
이 세 가지가 충족되어야 최고의 힘을 발휘한다.**

이계에서 넘어온 영환도사의 후손 진월랑!
아르젠 제국의 일등 개국 공신 가문이었던 이계인 가문, 진가가 하루아침에 몰락했다.
그것도 가장 믿었던 사람으로 인해.

홀로 살아남은 어린 월랑은 하루하루 생존 게임이 벌어지는
살인자들의 섬으로 보내지는데…….

**독과 부적의 힘을 손에 넣은 진월랑!
그가 피바람을 몰고 육지로 돌아온다.**

유행이 아닌 자유추구 -
WWW.chungeoram.com
Book Publishing CHUNGEORAM

Book Publishing CHUNGEORAM

청운하 新무협 판타지 소설

백팔번뇌

百八煩惱

세상은 날 버렸다.
나 또한 세상을 버렸다.

神이 선택한 그들이 흘린 쓰레기를…
난 그저 주워 먹었을 뿐이다.
그러므로 난 여전히 배가 고프다.

일류(一流)가 되기 위해서라면…
난 기꺼이 신마저 집어삼킬 것이다.

유행이 아닌 자유추구 -
WWW.chungeoram.com

Book Publishing CHUNGEORAM

백팔살인공을 한 몸에 지닌 그를
훗날 천하는 그렇게 불렀다.

대무신 大武神

임영기 新무협 판타지 소설

무간백구호(無間百九號). 태무악(太武岳).
신풍혈수(神風血手). 대살성(大殺星).

고독한 소년이 세 살 때의 기억을 좇아
천하를 상대로 싸우면서 열아홉 살 때까지 얻은 이름들.

그리고 백팔살인공(百八殺人功).

大武神

백팔살인공을 한 몸에 지닌 그를 훗날 천하는 그렇게 불렀다.

유행이 아닌 자유추구 -
WWW.chungeoram.com

Book Publishing CHUNGEORAM